ラルーナ文庫

モブキャラに転生したけど、絶対ハピエンにします！

夢咲 まゆ

三交社

CONTENTS

Illustration

木村タケトキ

モブキャラに転生したけど、
絶対ハピエンにします！

本作品はフィクションです。
実際の人物・団体・事件などにはいっさい関係ありません。

1

「――よって、オルティガ・グロスタールは斬首に処する」

　裁判官が高らかに判決を下す。

　被告人として法廷の中央にいた人物は、証言台から身を乗り出した。金髪碧眼《へきがん》の端整な男性だった。

「待ってくれ！　話を聞いてくれ！　俺はミーア様と不倫なんてしてないんだ！」

　続けざま、彼は傍聴席にいる人物にも訴えかける。

「マルク、お前からも言ってくれ！　俺は不倫なんてしていない！　本当だ！」

　男性に呼びかけられた人物――マルクは、スッ……と椅子《いす》から立ち上がった。痩《や》せ形の優男だったが、裁判中にもかかわらず口元には妙な笑みが浮かんでいた。

「オルティガ」

　マルクがオルティガを見た。

　友人として同情の言葉をかけるのかと思いきや、彼はにこりと笑ってこう発言した。

オルティガは、そのまま係官に引きずられるように退廷していった──。


「嘘《うそ》だろ……？　待ってくれ、マルク！　なぜこんな……！」

次の瞬間、係官がオルティガの周りを取り囲んだ。

オルティガの表情が絶望で塗り潰《つぶ》されていく。

「⁉」

「残念だけど、さようなら」


──というのが、映画の内容だった。

忍野紅蓮《おしのぐれん》は映画館から出た途端、一人で頭を抱えそうになった。

（おい、ちょっと待ってくれよ……。なんでこんな展開になってるんだ……？）

劇場版「悪徳の栄光」のポスターを見ながら、深い溜息《ためいき》をつく。

今日は一ヶ月ぶりの休日だった。

紅蓮は今、学生時代の友人が起業したベンチャー企業で多忙な日々を送っている。

もともと少数精鋭でスタッフが限られているため、紅蓮一人で営業事務、システム管理、会計処理等をこなすこともあった。

友人が作った会社だから人間関係は比較的良好で、パワハラ等の理不尽なストレスはない。が、明らかに業務過多で、文字通り休む暇もない状況だった。

そんな環境で久しぶりにとれた休日だったから、前々からずっと見たいと思っていた映画を見に来たのだ。

それなのに……。

「……はぁ」

映画のポスターを眺め、もう一度溜息をつく。

プライベートな時間が少ない紅蓮だったが、それでも通勤の電車内で読書をする趣味はずっと続けていた。

特に今は「悪徳の栄光」というシリーズ作品に嵌《は》まっており、現在発刊されている全七巻はあらかじめ大人買いしてある。

ちなみにこの「悪徳の栄光」というのは、主人公マルク・アンドラスが低い身分から策謀・讒言《ざんげん》を駆使してのし上がっていく作品だ。

中世ヨーロッパ風のパレス王国が舞台で、宮廷内で権力を握って威張り散らかしている名門貴族を失脚させ潰していくのが痛快なザマァ系小説となっている。

通勤中にしか読めないからなかなか進まないが、それでも現在三巻の途中までは読了していた。

（やってることはグレーゾーンだけど、やられる貴族が胸糞《むなくそ》ばかりだから結構スカッとするんだよね）

社会に出ると腹の立つ出来事、筋の通らない要求、非常識な言動に直面するのも日常茶飯事である。だから皆こういうエンタメ作品で溜飲《りゅういん》を下げ、現実でのストレスを発散しているのだ。

実際「悪徳の栄光」も、マルクのエグい報復の仕方が話題となって徐々に人気に火がつき、それが長じて映画化に至ったのである。

紅蓮自身も、今回の映画は発表当初から楽しみにしていた。

何より映画には、紅蓮の推しである「オルティガ・グロスタール」というキャラクターが登場する。

原作の三巻目から出てくるオルティガは、若くしてグロスタール侯爵家の当主となり、パレス王国の国王ジョセフのために働いてきた忠臣だった。

美形で仕事もでき、カリスマ性もあって人柄にも優れている。マルクの友人ポジションにいるキャラなので、シリーズが続く限り彼もずっと活躍し続けるに違いない――そう思っていた。

だから、映画の内容は紅蓮にとってかなりショックだった。

最初から最後までオルティガを下げるような描写ばかりだったし、逆にマルクは不自然なまでに主人公として正当化されていた。ハッキリいってついていけなかった。

そもそも、オルティガがマルクの策謀に嵌められたところも納得できない。

オルティガはマルクがいつも貶《おとし》めている貴族たちと違い、裏表がなく素直な性格である。胸糞要素はほぼ皆無なキャラクターだ。

まだ三巻の途中までしか読んでないからオルティガの言動全《すべ》てを把握しているわけではないけれど、失脚させられるほどの描写はなかったように思う。

それなのにオルティガは、マルクに王妃ミーアとの姦通罪《かんつう》をでっち上げられ、冤罪《えんざい》にもかかわらず裁判で「斬首」と言い渡されてしまうのだ。

さすがにこの展開は理不尽すぎて、エンドロールが流れてからもしばらく立ち直れなかった。いっそ見なければよかったと後悔してしまったくらいだ。オルティガの絶望した顔が、今でも脳裏に焼きついて離れない。

（というか、本当に原作でもそんな展開になってるわけ？　意味がわからないんだけど）

念のため、帰宅してから原作小説を一気に読んでみたけれど、オルティガがマルクに嵌められる展開は変わっていなかった。

映画の内容通り、三巻目の最後には姦通罪で斬首され、四巻以降には一切登場しなかった。

「……マジか」

あの映画、劇場版ならではのオリジナル展開じゃなかったのか。原作からして「オルティガ破滅ルート」は確定なのか。

一応マルクがオルティガを貶めた理由やそれぞれの人物描写、育ってきた環境や背景などが細かく描かれていたけれど、そんなこと関係ないくらい、この展開はツッコミどころ満載となっていた。

そもそも「悪徳の栄光」って、胸糞貴族をザマァ展開に落とし込むからスカッとするんじゃないのか？　相手が胸糞貴族だからこそ、グレーゾーンな罠《わな》に嵌めても許されるんじゃないのか？

オルティガはマルクに対して敵意を向けたことは一度もないし、友人として仲良くしようとしていた。ちょっと発言が素直すぎるきらいはあったが、目下の者にも優しかった。後ろ暗いことは何ひとつしていないし、周りの貴族からの評判も悪くなかった。

そんな彼を粛清してしまうのは、「悪徳の栄光」の主旨に反するんじゃないのか……？

（それにこのグレンとかいう側近！　いくらなんでも無能すぎだろ！　主人が嵌められるのをただ見ているだけって、どういうことだよ⁉）

「悪徳の栄光」には、オルティガの側近として「グレン」というキャラが出てくる。

まさに紅蓮と全く同じ名前のキャラクターなのだが、そのせいか小説を読んでいて余計にもどかしさや苛立《いらだ》ちが募ってしまった。

　何せこの側近、オルティガに仕えているくせに本当に「何もしない」のだ。

　主人が罠に嵌められる前にできることはいろいろあったはずなのに、「自分はあくまで側近ですので」という決まり文句のもと、必要最低限の仕事しかしないのである。

　どうやらグレンは、「側近が出すぎた真似《まね》をしてはいけない」と考えているようで、いわゆる「頭が硬いキャラ」に設定されているらしかった。

　そのくせ、いざオルティガの斬首が決まったら「無力な自分が悔やまれます」などと嘆いてくる。何もかもが手遅れになってようやく、「もっと早くあなたを連れて逃げればよかった」などと後悔してくる。

　そのシーンを読んだ時は、つい「なんだそれ」と口に出てしまった。行動しなかったのはあんたのくせに、今更何を言っているのか……と。

（ああもう、イライラする！　こうなったら俺が「オルティガ生存ルート」を考えてやらないとダメだ！）

　紅蓮は早速、プライベート用のノートパソコンを開いた。

そして文書作成ソフトを起動し、タイトルに「悪徳の栄光（オルティガ生存ｖｅｒ）」と打ち込んだ。

二次小説を書くのは初めてだ。今までたくさん小説は読んできたが、小説を書くこと自体初めての試みである。

誰《だれ》かに見せるつもりはないし、書いたからといって何かが起こるわけでもない。完全に自己満足だ。

それでも、オルティガのことはどうにかして救ってあげたかった。

彼は何も悪いことをしていない。胸糞貴族とも違う。それなのに、濡《ぬ》れ衣《ぎぬ》を着せられたまま処刑されるなんてあんまりじゃないか。

原作者がオルティガを救ってくれないのなら、せめて自分のパソコンの中だけでも幸せに生きられるよう、ストーリーを書き換えてやる！

推しキャラを生存させたい一心で、紅蓮は慣れない二次小説を書き始めた。

せっかく名前が同じだから、側近のグレン目線で書いてみよう。

原作では「頭の硬すぎる無能キャラ」だったけど、こっちでは側近の立場にこだわらず、ちゃんと行動させる。

まずはオルティガ宛に送られてくる手紙は全部しっかり検閲して、怪しいものがあればきちんとチェックし……。

原作小説をよく読み込みながら、紅蓮はせっせと「オルティガ断罪ルート」のフラグをへし折っていった。

完全な自己満足でも、書いていくうちに楽しくなってきてしまい、ずっと集中していたら夜中の十二時を過ぎていた。

（やべっ、もうこんな時間か……）

明日も朝早くから仕事なのだ。あまり夜更かしばかりしてもいられない。

まだまだ書き足りなかったが、紅蓮は仕方なくパソコンの電源を落として急いでシャワーを浴びた。

そしてアラームを六時にセットしてベッドに入った。

が、ベッドに入ってからもオルティガ生存ルートのことが頭から離れず、「次はああして、こうして……」という妄想が止められなかった。

そのせいか、ベッドに入って一時間くらいは寝つけなかった。

2

それからまた一ヶ月ほどが経過した。

相変わらず仕事の方はかなり忙しく、なかなか休みがとれない日々が続いていた。

あの映画を見に行って以来、休日らしい休日はもらっていないかもしれない。

「ふわぁ……」

駅までの道を行きがてら、紅蓮は大きなあくびをした。

（ああ、やばい……最近寝不足すぎる……）

二次小説の執筆は、あれからずっと続けている。

推しをちゃんと救うまでは絶対に書ききってやる……と決めているので、オルティガにとってハッピーエンドになるまでは放り出す気はない。

しかし、素人が慣れない文章を書いているせいで遅々として進まなかった。

妄想だけはどんどん膨らんでいくものの、肝心の筆が追いついていないのだ。

仕事が忙しいので執筆の時間もなかなかとれず、帰宅してからずっとパソコンと睨《にら》めっこしていても五百文字書けないこともザラだ。

おまけに睡眠時間も削られてしまっているので、日中ボーッとしてしまうことも増えた。

原作小説はこれでもかと読み込み、登場キャラの心情や舞台背景、世界観はしっかりインプットしているのだが、自分の妄想が上手く出力できなくてもどかしい。早くオルティガを救ってあげたい……。

「……ハッ⁉」

一瞬立ちながら眠りかけて、紅蓮は慌てて目をこすった。

いかん、本当に限界かもしれない。

これはもう、しばらく小説を書くのはお休みした方がいい気がしてきた。

幸い、締め切りがあるわけじゃないし、パソコンにバックアップ付きで保存してあるから唐突にデータが消し飛ぶ心配もない。

睡眠不足だといつもの仕事の効率も下がってしまうし、他のスタッフにも迷惑がかかる。

今日は帰ったらすぐに寝て、睡眠不足を取り戻そう……。

そう考えて、紅蓮はぼんやりと信号を待った。

……しかし、先ほどからずっと待ち続けているのに一向に青信号に変わらない。

ここの信号は、一度赤になるとなかなか青にならないのだ。

通勤通学の時間帯くらい、すぐにパッと変わるようプログラムし直してくれればいいのに、これでは歩行者全員に迷惑がかかってしまう。

ぼんやりした頭で、紅蓮は横を振り向いた。

道路の先には、向こう側に渡っていける歩道橋があった。

（あれでも使うか……）

普段はほとんど使わないけど、このまま待ち続けても埒《らち》が明かない。

最近運動不足気味だし、たまには階段を上り下りするのもいいだろう。

そう思い、紅蓮は歩道橋に近づき、階段を一段一段上っていった。

だが日頃の運動不足が祟《たた》ったのか、すぐに身体《からだ》が重くなり歩道橋の半分くらいで息が切れてきた。

（お、おかしいな……。以前はこんなところで息切れなんてしなかったんだが……）

ここまで体力が落ちていることにショックを受けつつも、仕方ないので手すりを使ってどうにか上りきる。

そして反対側まで歩いていき、階段を下りようと足を一歩踏み出した。

その時だった。

「あっ……」

足元をよく見ていなくて、階段を踏み外してしまった。

身体のバランスが崩れ、前のめりに倒れそうになる。

（やば、落ちる……！）

いつもならそこで踏ん張れるのだが、今日はなぜか身体が言うことを聞かなかった。

紅蓮は重力に引っ張られるまま、頭から真っ逆さまに転落してしまった。

「うわぁぁっ！」

ゴロゴロと階段を転がり落ち、一番下の地面に叩《たた》きつけられた時、グキッとどこかの骨が折れる音を聞いた。

同時に視界が真っ暗になり、あっという間に意識が混濁していく。

（ああ、だめだ……こんなところで……）

自分にはまだやるべきことが残っている。

オルティガをちゃんと助けてあげられていないのに、こんなところで死にたくない……。

後悔を残したまま、紅蓮は意識を失った。

◆　◆　◆

「ハッ……!?」

次に目覚めた時、紅蓮は全く見覚えのない場所に寝かされていた。

（？　ここは……？）

病院でもない、かといって自宅でもない。

知らない家の天井が目に入り、柔らかいベッドのマットレスが背中に当たっていた。

「……？」

ゆっくりと起き上がり、周囲を見回す。

個室……なんだろうか。

しかし個室というにはあまりに広く、紅蓮が一人暮らししている部屋の二倍以上はありそうだった。

テーブルもベッドも高価に見えるし、花瓶などの調度品も質のいいものが揃《そろ》っている。

ベッド脇《わき》のサイドテーブルには、誰かのものと思《おぼ》しき懐中時計が置かれていた。使い古されているが、これも高級品に見えた。一体誰のものだろう。

「……あれ？」

何気なく自分の姿を見下ろしてみたら、着ている服のサイズが以前と違っていることに気づいた。上背《うわぜい》があるというか、普段の自分より背が高くなっている気がする。

なんか変だな……と思って壁にかけられていた鏡を覗《のぞ》き込んでみたところ、そこには紅蓮ではない全く別の人物が映っていた。

「えっ⁉　誰だこれ⁉」

黒髪なのはともかく、目鼻立ちがハッキリしていて、キリッとした顔立ちをしている。純日本人の紅蓮はどちらかというとのっぺりした顔で凹凸も少ないので、こんな外国人っぽい顔になっていて驚いてしまった。

階段から落ちた衝撃で脳がバグっているのかと思ったが、何度目をこすっても目の前の人物は変わらない。見間違いでもなんでもなく、本当に外見が変わってしまっていた。

（ええ……？　誰なんだよこれ……。俺は一体誰になってしまったんだ……？）

突然の出来事に混乱していると、コンコンとドアがノックされて誰かが入室してきた。

「おいグレン、大丈夫か？」

金髪碧眼の美男子だった。いかにも貴族らしい格好をしており、上質な衣装を身に纏《まと》っている。背丈も今の自分とほぼ同じだ。

そんな彼が、心配そうにこちらに近寄ってくる。

「よかった、気づいたんだな。階段から落ちたって聞いたけど怪我《けが》はないか、グレン?」

「えっ……?」

グレンだと……? この人、今自分をそう呼んだのか?

(忍野紅蓮、って意味じゃないよな……。だって俺、見た目は全然違う人だし……)

ということはこの黒髪の人物は、「悪徳の栄光」に登場するオルティガの側近・グレンってこと?

そして、そんな人にこうして声をかけてくるキャラクターなんて、たった一人しか……。

「オルティガ、様……?」

「ああ、そうだよ。その調子なら記憶喪失とかの心配はなさそうだな。本当によかった」

「あ……え……」

「それで、どこか怪我はしてないか? 足の骨が折れたりとかは?」

「あ、いや……それは多分大丈夫、です……」

「そうか、よかった。しかし慎重なお前が階段から落ちるなんて、珍しいこともあるものだな。よっぽど疲れが溜《た》まっていたんじゃないか?」

そんなことを言いつつ、オルティガはサイドテーブルに置かれた懐中時計を手に取った。

「これも壊れていなくてよかったたな。大切な形見なんだろ？　大事にしろよ？」

と、こちらに渡してくれる。

「あ……ありがとう、ございます……」

たどたどしく礼を言ったものの、未《いま》だに信じられなかった。

グレンは確認するように、もう一度彼の名を呼んだ。

「オルティガ・グロスタール様……」

「ん？　どうした？　やっぱりどこか痛いのか？」

「あ……いえ、なんでもありません……」

「そうか？　でも疲れているみたいだから、今日はもう休め。無理してまた階段から落ちたら大変だ」

「は、はい……」

「それじゃ、また明日な」

労《いた》わるような言葉をかけ、軽く別れのハグをして、オルティガは部屋を去っていった。

再び一人になったグレンはもう一度鏡の中の自分を覗き込み、小さく呟《つぶや》いた。

「マジか……」

どうやら自分は、階段から落ちた拍子に「悪徳の栄光」の世界に転生してしまったようだった。

　事故死した人が漫画やゲームの世界に転生するのはエンタメ作品でよくある展開だけど、まさかそれが自分の身に起こるとは思わなかった。

　しかも転生したのは、自分と同じ名前のグレンという側近。なんなら、自分の二次小説で主人公に設定していたキャラクターではないか。こんなことが起こり得るのか。

（いや、この場合は前世の記憶を思い出したって方が正しいのかな……。前世の俺は、現代日本で読書を趣味にしていた「忍野紅蓮」だったってことか……）

　真偽は不明だが、いずれにせよ今の自分がオルティガの側近・グレンであることは確かなようだ。

　グレンは早速、懐中時計を胸ポケットにしまった。

　グレンについては、その血筋から性格、経歴まで十分把握している。

　彼はオルティガの母方の従兄弟《いとこ》で、彼より一歳年上の二十六歳だ。幼い頃に両親と死別したため、それ以降はグロスタール家に引き取られて養育されている。

　この懐中時計も、亡くなった両親が残してくれた唯一の形見だ。「悪徳の栄光」の中では、グレンを象徴するアイテムとなっている。

　そんな感じで幼少期からオルティガとともに育てられたグレンだったが、彼自身は「自分は本家の人間ではない」と強く意識しているようだった。

グロスタール家で養育してもらった恩や、仲良くしてくれたオルティガへの想いを返すために「側近」として働いているものの、立場を明確にするためにあえて「グロスタール」の姓は名乗らないようにしているらしい。

ただ、そういった線引きをハッキリするキャラだったので、「悪徳の栄光」本編では頭が硬く、融通が利かない面が多々見受けられた。「自分は側近」という立場にこだわるあまり、明らかに罠だとわかるような場面でも、何もせずに傍観していることが多かった。

でも、今日からは違う。

(転生したからにはそんなヘマはしない。今度こそ絶対に、オルティガを救ってみせる……!)

側近ごときが出すぎた真似をしてはいけないって？　それがどうした？　そんな呑気《のんき》なことを言っているから、オルティガはマルクの姦計《かんけい》に乗せられて処刑されてしまうんじゃないか。

止めようと思えばいくらでも止められたのに、それをしないのはただの怠慢・無能だ。立場の違いなんて関係ない。オルティガの死亡フラグは、俺が全部へし折ってみせる。

心に固く誓い、グレンはまず小説の内容をざっくり紙に書き出すことにした。

オルティガが登場、処刑されるまでの流れを記しておけば、どこでフラグが立つかも一目瞭然《いちもくりょうぜん》だ。

幸い、二次小説を書く都合で原作の第三巻は擦り切れるくらい読み込んである。なので、内容は全てインプット済みだ。

（オルティガは、ミーアとの姦通罪で逮捕されるんだよな……。ということは、間違ってもミーアと二人きりにしてはいけないってことだ）

ちなみにミーアとは、パレス王国・国王ジョセフの四番目の妃《きさき》である。

まだ十七歳の乙女で、国王としてベテランのジョセフとは親子ほどの歳《とし》の差があった。

というのもミーアは、名門貴族にとって「都合のいい神輿《みこし》」として選ばれたので、王妃としてはお飾りだと言ってもよい。政治に余計な口出しをせず、目立ったトラブルを起こさなければ他はどうでもいい……くらいの適当な扱いだった。

ただ、彼女は美形に目がなく、気に入った男性を全部自分の庇護《ひご》下に置きたがるという困った性癖があった。

しかもその時だけは王妃という立場を存分に使ってきて、半ば強制的に男性を「ロータス離宮（自分専用の離れ）」に連れ込んでいるからタチが悪い。今や彼女のロータス離宮は、さながら逆ハーレム状態になっているそうだ。

そんなミーアが次に狙《ねら》っているのがオルティガ・グロスタールであり、様々な手でアプローチしてきている状況である。

そこをマルクにつけ込まれる羽目になるのだ。

（原作では、ミーアからオルティガ宛に直筆の手紙が届くんだっけ。確か内容は、お茶会のお誘いだったか……）

王妃様のお誘いでは断れないからと、仕方なくお茶会に参加したオルティガ。

そしてその場の勢いでロータス離宮に誘い込まれ、ミーアの個室で二人きりになってしまうのだ。

実際はやましいことなど何もなく、ただお茶を飲みながら談笑していただけだったのだが、後日オルティガの鞄《かばん》からミーアの首飾り——ダイヤのついた特別なものが見つかり、不倫の決定的な証拠となって逮捕されてしまうのである。

もちろんこれもマルクが仕組んだもので、オルティガの目を盗んでこっそり首飾りを忍び込ませたに過ぎないのだが……。

（まったく……完全な冤罪だっていうのに、ロクに調べもしないんだもんな。それでいきなり処刑だなんて、どうかしている……）

内容を書き出しながら、グレンは軽く溜息をついた。

この「いきなり逮捕、処刑」の流れになっているのも、マルクが裏で糸を引いているからに他ならない。

現在マルクは国王ジョセフに重用されており、国王の政策に対しあれこれと意見をできる立ち位置にいた。

事実マルクは口も頭も回るし、見た目はいかにも陽キャなイケメン青年なので、騙《だま》されている人は多いだろう。そこはさすがに「悪徳の栄光」の主人公というか、単純な敵キャラクターとはわけが違う。

だからこそ、マルクにだけは細心の注意を払わなければならないのだ。

マルク・アンドラスはオルティガを追い落とした張本人。オルティガはマルクのことを友人だと思っているかもしれないけど、彼の頭にあるのはどうやってこちらを貶めるかという策略だけである。

そうである以上、こちらはこちらでしっかり先回りして、マルクの罠を回避するよう行動していかなければならない。そうでないと、オルティガは救えない。

（……さて、こんなものか）

一通り原作三巻の最初から最後までの流れを書き連ね、グレンは全体のストーリーをザッと眺めた。

とりあえずフラグになりそうな箇所にチェックマークをつけ、その紙を丁寧に折り畳んで懐中時計と一緒にポケットに入れておく。

気をつける箇所は他にもたくさんあるが、「これだけは絶対にダメ！」というイベントさえ回避してしまえば、最悪の結果は免れるはずだ。

（よし……あとは俺が頑張るだけだ。もう、原作のグレンみたいな無能な振る舞いは絶対にしないからな……！）

必ずオルティガを救う。彼を生存させてみせる。

改めて決意を固め、グレンは個室から出て仕事に復帰した。

オルティガには「今日は休んでていいって言っただろ」と心配されたが、「ずっと部屋にいても手持ち無沙汰《ぶさた》なので」と言い訳し、彼の仕事（主に書類整理）を手伝うことになった。

3

転生して二週間が経過した、ある日のこと。

「明日は定期報告の日だから、留守番よろしくな」

と、オルティガがそんなことを言い出した。執務室で決算書にサインを入れていた時のことだ。

いきなり留守番と言われ、グレンは怪訝《けげん》な顔で聞き返した。

「定期報告……ということは、オルティガ様は王宮に行くんですか？」

「ああ。領地に関する報告をサボるわけにはいかないからな。ちなみに、報告書はちゃんとまとめたから心配無用だぞ。お前に言われなくても、これくらいの書類作成はできるんだ」

「はあ」

曖昧《あいまい》に返事をしつつ、グレンは頭を捻《ひね》った。

（……原作にそんなシーンあったか？　王宮に行くってことは、マルクに遭遇する可能性があるってことだよな……？）

だとしたら油断できない。なんのフラグになるかわからないし、オルティガ一人で行かせるのは危険だ。

そんなことを考えていたら、オルティガはさらに言った。

「それと、決算書はここにまとめておいた。急ぎじゃないけど、できれば他の仕事も進めておいてくれると助かる。なので明日は……」

「いや、すみません。心配なので明日は俺も一緒について行きます」

「……えっ？」

案の定、オルティガは目を丸くした。まさかグレンから同行の申し出を受けるとは思っていなかったようだ。

「め、珍しいな……。いつもなら素直に『いってらっしゃいませ』って送り出してくれるのに。どういう風の吹き回しなんだ？」

「どうって……」

「やっぱり仕事に不満があるのか？　だったら決算書も後回しでいいよ。なんなら明日は休みにしていいから、たまには気晴らしでも……」

「違います。不満があるわけじゃないです」

「じゃあ何なんだ？　今まで一度も俺に同行したことなかったのに、急にどうしたんだよ？」

「それは……」

転生前の日本で、あなたの運命を見てきたから……とはさすがに言えない。

仕方なくグレンは、この場で一番納得できそうな理由をでっち上げた。

「俺はオルティガ様の側近ですから。オルティガ様の側《そば》を離れるわけにはいきません」

「？　そうか？　別にそこまでこだわらなくてもいいんだが……」

「いえ、片時も離れずにオルティガ様をお支えする……それが俺の使命です。どうか同行をお許しください」

真剣な目で見つめ返す。

仮にここで同行を断られたとしても、こっそりついて行ってオルティガを見張るつもりだった。

原作のグレンだったらそんなこと絶対にしないだろうけど、これくらい型破りな行動をしなければオルティガは救えないのだ。

するとオルティガは、根負けしたように苦笑した。

「わかったよ。そこまで言うならついてきてくれ。お前が一緒なら、陛下の唐突な質問にも上手く答えられそうだ」

「あ……ありがとうございます！」

「じゃあ、王宮に行く準備をしておいてくれるか？　馬車は四人乗りの大きいヤツを使うから、それ用の馬も選んでおいてくれ」

「はい」

無事承諾をもらえたので、グレンは心の中でガッツポーズをして厩《うまや》に向かった。

そして大型の馬車を引いて走れるような、持久力のある馬を二頭選んだ。

◆

◆

◆

翌日。グレンはオルティガの鞄を持って屋敷の正門前に来ていた。

正門前には昨日選んだ馬二頭が、四人乗りの馬車に繋《つな》がれている。

オルティガは少し遅れて、宮廷参列用の正装で現れた。白を基調とした品のいいジャケットを着て、リボンタイや手袋を嵌めている。

国王ジョセフの前で大臣たちに定期報告をするので、こういった正装で行かないとマナー違反になってしまうのだ。

かくいうグレンも、今日は屋敷内の軽装ではなく余所行《よそい》きの格好をしている。

（しかしこうして見ると、やっぱりオルティガ様はかっこいいな……）

金髪碧眼、長身でスタイルもよく、貴族の上質な衣装もサマになっている。

華やかで端整な顔立ちは遠くからでもパッと目を引き、人を惹《ひ》きつけるオーラが滲《にじ》み出ていた。

容姿、人柄、地位、カリスマ性――その全てに優れている完璧《かんぺき》な男性という感じだ。嫌われる要素なんてどこにもない。

それなのに、なぜマルクはオルティガを嵌めようとするのだろう。理解不能だ。

「よし、じゃあ行こうか」

オルティガが馬車に乗り込んだので、グレンもその後から乗り込んだ。

馬車はなめらかに走り出し、そのまま王宮を目指し始めた。

「しかし、本当についてきてくれるなんてなぁ……」

馬車が動いてしばらくしてから、オルティガがそんなことを言い出した。

意味がわからず、グレンは怪訝な顔で彼を見返した。

「……どういう意味です？」

「いや、お前にしてはあまりにも珍しい申し出だったからさ。というか、一緒に出かけること自体ものすごく久しぶりじゃないか？　もしかしたら父上が亡くなって以来、初めてかもしれない」

「それは……」

「……昔はよく一緒に遊びに行ってたのにな。俺が不甲斐《ふがい》ないせいでお前の行動まで制限させてしまって……本当にすまなかった」

そう言われ、グレンは少年時代のことを思い出した。オルティガの父ナルギス・グロスタールがまだ生きていた頃の話だ。

（転換期となったのは、あの出来事か……）

当時オルティガは十三歳、グレンは十四歳で遊びたい盛りの少年だった。

ナルギスは病気で先は長くないと言われていたのだが、次期当主のオルティガにはグロスタール侯爵家を率いていくという自覚がまだ足りず、グレンを巻き込んで領地を遊び歩くのが常だった。

「あー、馬での遠乗り楽しかったな。景色もよかったし」

勝手に拝借した馬を厩に返し、オルティガ少年は言った。

「今度は道具を用意して狩りでもやってみようぜ。今日行った森、鹿とかいっぱいいたしさ」

「そうだな……。それはそうと、旦那様《だんなさま》に言われていた領地の税収計算、終わったのか？」

グレン少年は馬を縄で結びつけつつ、気になっていたことを尋ねた。

この時はグレンもまだ、オルティガの友人みたいに接していたのだ。

するとオルティガは、バツが悪そうに頭を掻《か》いた。

「あー……あれな、なんかいろいろややこしくてさ。まだちゃんとできてないんだ」

「……そうなのか？　だったら早くやった方がいいぞ。また旦那様に怒られてしまう」

「怒られても、できないものはできないんだからしょうがないだろ」

「そうだけど……でも、あの杖《つえ》で殴られたら痛いだろう？　よく懲りないな？」

「自分が殴られるだけで済むなら安いものだよ。ちょっと我慢すればやり過ごせるし」

「……そういう問題じゃない気がするが……」

「そういう問題なの！　当主になったらやりたいこともできなくなるし、今のうちに思いっきり遊んでおこうぜ」

「うーん……」

「そんなことより、明日はどこ行く？　久々に市場を見て回るのもいいと思わないか？」

オルティガはなんの気なしに裏口から屋敷に入った。グレンもその後に続いた。

そのまま談話室で休憩していたら、グロスタール侯爵・ナルギスが杖をつきながらやってきた。

ナルギスは四十歳になったばかりの中年貴族だが、病で死期が近いせいか実年齢よりやや老けて見えた。

「父上、お身体は大丈夫なんですか？」

オルティガがソファーから立ち上がる。グレンも当たり前のように立ち上がった。

「うむ、今日はいくらか具合がいいのだ。……それよりオルティガ、我が領内で得られる一年間の税金額はいくらか算出できたか？」

いきなり痛いところを突かれ、オルティガは困ったように目を伏せた。

が、嘘をついても仕方がないと思ったのか、やや開き直ったようにこう答えた。

「あー……っと、すみません。まだできてないです」

「なんだと……？」

「でもそのうちなんとかしますので、心配しなくても大丈夫ですよ」

「…………」

ナルギスは深々と溜息をついた。

そしてよたよたとこちらに近づいてくると、持っていた杖でグレンの尻《しり》を叩いた。

「あうっ……！」

「グレン⁉」

まさか自分が叩かれるとは思っていなかったので、グレンははずみで転倒してしまった。

続けざまもう一発杖で殴られ、背中にビシッと痛みが走る。

「やめてください、父上！　なんでグレンを殴るんですか！」

オルティガが、庇《かば》うようにナルギスとの間に割って入ってきた。

「父上が仰《おっしゃ》った領地の税収、ちゃんとやってなかったのは俺です！　悪いのは俺なんで、殴るなら俺を殴ってください！」

「そう言ってお前を殴って、効果があったか？　何を言っても、何度殴っても、お前はちっとも真面目《まじめ》に勉強しないではないか」

「それは……」

「遊ぶなとは言わん。だが、それは己の責務を全て果たしてからすることだ。お前はそもその順番を間違えている」

「………」

「頼むから、いい加減自覚を持ってくれ。私はもう長くないのだ。グロスタール侯爵家の当主になるのがどういうことか、ここまでやってもまだわからんのか」

「いッ……！」

隙間《すきま》を縫って再び杖が飛んでくる。今度は太ももに命中した。

ナルギスも全力で殴っているわけではなかったが、硬い杖で叩かれるのはそれなりに痛かった。

「わ、わかりました！　ちゃんとやります！　明日からちゃんと勉強しますから！」

「明日ではない。今からだ」

「わかりました！　今からちゃんと勉強します！　だから、グレンを殴るのはやめてください！　グレンは悪くないですから！」

「そうだ、グレンは悪くない。悪いのはグレンを巻き込んだお前だ。だが、当主がいい加減なことをしていると周りの者にシワ寄せがやってくる。人の上に立つとは、そういう覚悟と責任感が必要なのだ。その意識が足りないから、下の者が迷惑を被る羽目になるのだ」

「は、はい、その通りです！　悪いのは全部俺です！　だから本当に、これ以上グレンを殴るのはやめてください……！　お願いします、お願いします……！」

最後はほとんど泣きそうな声になっていた。

オルティガが懇願したせいか、ナルギスの殴打も止まった。

次いでナルギスはややトーンを抑え、グレンの方を向いた。

「グレン、お前もお前だ。いずれは当主を支え、時には諭す立場になるべき人間が、一緒に遊び呆《ほう》けていてどうする。お前たち二人がこんな有様では、私は死んでも死にきれんぞ」

「申し訳ありません……」

「当主は当主、側近は側近の役目があるのだ。いつまでも友人ごっこをしてはいられない。そのことを決して忘れるな」

痛みを伴うお説教をし、ナルギスはまたよたよたと部屋を出ていった。

オルティガはがくりと膝《ひざ》を折り、跪《ひざまず》いているこちらを抱き締めてきた。

「グレン、ごめん……ごめんな……。俺のせいでこんな目に……。痛かったよな……」

「いや……」

「俺、頑張るから……。グレンが傷つかなくても済むように、立派な当主になってみせるから……。だからごめん、しばらく出かけるのはナシにしような」

「う、うん……」

「じゃあ俺、勉強してくるから……」

ぐすっ、と鼻を啜《すす》り上げ、半ば逃げるように自分の部屋に戻っていった。

自分のせいでグレンが殴られるのを目の当たりにし、罪悪感で顔を合わせられなくなったのだろう。

そして、その日から本当にオルティガは変わった。

こちらを遊びに誘ってくることもなくなったし、毎日朝早くから夜寝るまで勉強に鍛錬、父ナルギスの仕事の手伝い……等々、まるで別人のように真面目に取り組むようになった。

あまりに頑張りすぎているので心配になり、様子見がてら紅茶を淹《い》れてあげたりしていたのだが、

「ありがとう。後で飲むからそこ置いといてくれ」

「……でも、せっかくだから温かいうちに飲んだ方が」

「冷めてもグレンの紅茶は美味《おい》しいからいいんだ。そんなことより、この公文書を先に処理してしまいたい」

「頑張るのはいいが、そんなに根を詰めたら後でガタが来るぞ……？」

「かもしれないな。でも無理をしなきゃいけない時もあるんだよ。……俺がサボると、周りの人に迷惑がかかっちゃうし」

「……！」

「ええと……この場合、どの事例を参考にすればいいんだっけか……？」

と、オルティガはぶつぶつ言いながら机の横に積み上げていた書類を調べ始めた。グレンの紅茶には見向きもしなかった。

「…………」

グレンは静かに彼の部屋を退出した。

（あれが「次期当主」としての覚悟なのか……）

サボり癖のあったオルティガが、あんなに頑張っているのだ。

ならば自分が、彼の努力をふいにしてはならない。「オルティガの側近」としての自覚を持ち、彼を支えられる人間になる。それがグレンの役目だ。

それ以来、グレン自身も変わった。

オルティガを「主人」として扱うようになり、友人に対するような口調をやめた。「あくまで側近」の立場を貫き、公私混同しないようきっちりと線引きすることにした。これがグレンなりの覚悟の仕方であった。

（ナルギス様は、あの数ヶ月後に亡くなってしまったけど……）

最期は、急に真面目になった息子を見て少し安心していたようだった。身内には厳しかったが、その分領民には優しく思いやりのある人物だった。

懐かしい思い出に浸っていると、オルティガが明るく言った。

「でも俺は、久々にお前と出かけられて嬉《うれ》しいぞ。子供の頃に戻ったみたいで、仕事なのにわくわくしてる」

「確かに、かなり久しぶりですね……」

「それに、お前の方から『行く』って言ってくれたのも嬉しかったよ。俺、あれ以来ずっとお前に避けられてると思ってたから……」

「避けられてるって……俺はオルティガ様を避けているつもりはなかったんですが」

「そうか？　でもあの頃からだろ？　お前が『側近』の立場にこだわり始めたの」

「……！」

「父上の言葉が刺さったんだよな？　『当主は当主、側近は側近の役目がある』ってヤツ。実際俺にも刺さったし、気持ちはわかるよ。とはいえ、ずーっと立場を固持されても困るというか……。お前、普段は自分の意見なんてほとんど言わないし、何か聞いても『俺はあくまで側近ですので』ってはぐらかしちゃうだろ。プライベートな会話もなくなっちゃったし、距離を取られてるみたいで寂しかったんだよな……」

「そ、そうですか……。すみません、余計な心配をさせてしまって」

単に「オルティガは当主、自分は側近」と明確に区別していただけだ。

自分はグロスタール本家の人間ではないから、オルティガと同じ立場で話をしてはいけないと思っていたのもあるかもしれない。

だけどそのことが、かえってオルティガを悩ませてしまっていたようだ。

オルティガは「当主と側近」の関係ではなく、「歳の近い親戚《しんせき》、なんでも話せる親友」みたいな立ち位置を望んでいたのだろう。仕事はちゃんとやるから、せめてプライベートでは子供の頃のような間柄でいたい。それが彼の望みだったのだ。

(立場を明確にしすぎるのも、よくないのかもな……)

原作のグレンは、「側近」の立場を固持するあまり失敗していた。

だから今の自分は、原作のグレンがやらなかったことをやっていこうと思う。

オルティガの希望にも沿っているし、彼自身を救うことにも繋がるはずだ。

「オルティガ様、ひとつお願いしてもいいですか?」

「うん、なんだ? なんでも言ってくれ」

「二人きりの時は、口調は昔みたいに戻していいですか? 第三者がいる時は、ちゃんと側近として振る舞いますので」

「ああ、そんなことか。それはむしろ俺の方が大歓迎だ。言いたいことがあったら、もっといろいろ言ってくれて構わないからな」

「……ありがとう。そうするよ」

そう頷《うなず》いたら、オルティガは満足げに微笑《ほほえ》んだ。

それから二時間ほど馬車に揺られ続け、ようやく王宮の正門前に到着した。

パレス王国の王宮はざっくりと、前庭・第一宮殿・中庭・第二宮殿・裏庭・ロータス離宮に分かれている。国王ジョセフが生活しているのは、そのうちの第一宮殿だ。

王宮で働いている貴族たちもジョセフ同様第一宮殿で生活しているが、領地や自邸が近い貴族は馬車で定期的に通うこともある。

ちなみに第二宮殿は身分の低い者専用の建物となっており、侍女や使用人、王宮に出仕したばかりの下級貴族が寝泊まりしていた。

このように身分によって居住区がハッキリ分けられているため、第一宮殿で生活している貴族はほとんど第二宮殿には近づかなかった。

中には第二宮殿そのものを差別的な目で見ている貴族もいて、「第二宮殿を通り抜けるなどはしたない」と言わんばかりに、わざわざ正門からぐるっと回って裏庭に行く者もいる。

オルティガはそういった身分による差別を嫌うタイプだが、名門貴族の中には自分が平民と同じ空間にいること自体がおぞましいと考える者もいるようだ。

「陛下との謁見は十一時なんだよな……」

と、オルティガが言う。

グレンも手元の懐中時計で確かめてみたが、午前十一時にはあと三十分以上あった。早く到着したからといって、フライングで会いに行ってはいけない。遅刻するよりはいいが、「約束の時間にはぴったり訪れるべし」というのが貴族社会のマナーなのである。

「まだちょっと時間があるし、この辺を散歩してみるか」

「ああ、わかった」

オルティガが前庭を散策し始めたので、グレンも後ろからついて行った。

広大な前庭は薔薇《ばら》の垣根が丁寧に剪定《せんてい》されており、中央に噴水も設置されている。

王宮を訪れた人が一番に目にする場所だから、やはり整備もしっかりしているみたいだ。

(ここだけ見ると華やかなんだが……華やかなだけの世界じゃないからな、ここは)

そう、ここは戦場。貴族同士が策謀を巡らせ、権力争いをする場だ。

そういう意味では一瞬たりとも気を抜けないし、隙を見せるのもご法度である。

それに、いつ天敵《マルク》が現れるとも限らない。

オルティガはまだマルクが自分を狙っているなんて思っていないだろうから、ここはグレンが目を光らせておかなくては。

そう思いつつ、グレンはオルティガの周辺を見回した。

前庭には、同じく散歩している貴婦人がたくさんいる。

カラフルな日傘を手にした貴婦人たちは、まるで一枚の絵画のようだった。

そんなとある貴婦人たちの集団が、垣根の方を見てヒソヒソと噂話《うわさばなし》を繰り広げていた。

「ほら、ご覧になって。あそこにアンドラス男爵のご子息がいらっしゃるわ」

「あらあら、成り上がり貴族がこんなところになんのご用かしら？」

「庭のお手入れでもなさっているんじゃないの？　あの人、元々は庭師の家系だったんでしょう？」

「違いますよ、粉ひきの家系ですよ」

「あら、仕立屋の家系じゃありませんでした？」

「せっかくお顔は整ってらっしゃるのに、家柄で全てを台無しにしてますわねぇ」

集団でクスクス笑っている貴婦人たち。

（ああ……典型的な陰口ってヤツか。差別意識丸出しで、嫌な感じだな）

どこの名門貴族か知らないが、ああいう陰口は言った本人の評価も下げてしまうから、あまりおおっぴらに口にしない方がいいと思う。

まあ、ああいう人は悪口を言う以外にやることがないんだろうけど……と呆《あき》れていると、

「おい、やめろ。マルクは立派な貴族だろ。そういうことを言うのはよくないぞ」

オルティガがその貴婦人たちの中に割って入り、公然と注意し始めた。

さすがのグレンも、この行動には少しびっくりした。

周りの貴族たちも、何事かとこちらに視線を注いでいる。

（うわ……これはよくないな。注意したくなる気持ちはわかるけど……）

注意するなら第三者がいない場所で、ひっそりとやらなければならない。

貴族は自分のメンツを何よりも大事にするので、あんなふうに注意されたら「恥をかかされた」と思われてしまう。

案の定、貴婦人たちも完全に戸惑っており、

「あ、あの……オルティガ様……私たち、そのようなことは……」

「言ってただろ、思いっきり。あからさまに嘲笑《ちょうしょう》していたのが聞こえたぞ」

「それは、その……」

「マルクはほとんど平民の身分から、努力してここまでのし上がったんだ。それを『家柄が…』とか『庭師の家系で…』みたいに見下すんじゃない。マルクに対して失礼だよ」

「あの、ええと……申し訳ありませんでした」

「で……では、私たちはこれで……」

それだけ言って、貴婦人たちはそそくさとその場から逃げていった。皆パラソルで顔を

隠し、恥ずかしそうに俯《うつむ》いている。耳元まで真っ赤にしている人もいた。

（……そりゃ、ああなるよな。決して間違ってはいないんだが、もう少し時と場所を考えた方がよさそうだ）

オルティガは昔から、よくも悪くも素直で正義感がある。嘘はつけないし、誰かの悪口も言わない。

そういうところが非常に魅力的なのだが、裏表の激しい貴族社会では欠点にならないか心配でもあった。

今の出来事のように、素直すぎるがゆえに少し配慮に欠ける部分も少なくないからだ。

まあ、今の失敗は「オルティガ破滅ルート」には関係ないだろうけど、今後はああいう行動も諫《いさ》めてやらないといけないかもしれない。

ただでさえマルクから敵視されているのに、他の貴族たちからも顰蹙《ひんしゅく》を買ってしまったら手に負えなくなる。

「ようマルク、久しぶりだな。元気だったか？」

そんなグレンの心情を知ってか知らずか、オルティガは垣根の薔薇を見ているマルクに声をかけていた。

問題の人物――マルク・アンドラスは、呼びかけに応じてくるりとこちらを振り向いた。

「やあ、オルティガ。きみこそ元気そうだね」

明るい笑顔を向けてくるマルク。

紫色の髪に深紅の瞳《ひとみ》をした端整な顔立ちの男性だ。オルティガほどではないが、彼も十分美形の部類に入る。

性格も、表向きは陽気で社交的なので交友関係は広かった。名門貴族とのパイプも持っているし、国王ジョセフや王妃ミーアにも目をかけられているという。

家柄で馬鹿にされることは多いものの、それにめげることなく努力を重ねている好青年。それがマルク・アンドラスの主な評価だ。

そう、表向きは。

（……もう、この笑顔からして不気味すぎる。一体何を考えているんだ……）

マルクの本性を小説で知り尽くしている身としては、彼の全てが疑わしく見えてしまう。

こんな爽《さわ》やかな顔をしながら、大貴族を追い落とす策謀を張り巡らせているのだ。

なんならこの先、友人のフリをしながらオルティガに無実の罪を着せて殺してしまうのである。

そう思ったら、あまりのおぞましさに指先からすうっと血の気が引いてきた。

「あれ……今日は側近さんと一緒なんだ？　確かグレンだっけ？　珍しいね」

急に視線をこちらに振られ、内心ドキッとした。

何かのフラグが立つ前触れかと思って、余計に緊張が走った。

オルティガが、なんの気なしに答える。

「ああ、グレンがどうしてもついて行きたいって言うんでな。今日は一緒にお仕事だ」

「へー……そんなことあるんだ？」

薄笑いを浮かべてくるマルク。何か含みのある笑顔だった。

この時点でいろいろ不気味すぎて、胃の辺りがずしーん……と重くなってきた。

余計なフラグを建設する前に、早くマルクから離れたい。

そろそろ行こう……とオルティガに耳打ちしようとしたのだが、彼は久しぶりに友人と会えたのが嬉しいのか、まだ会話を続けていた。

「ところであそこにいた貴婦人たち、お前の悪口言ってたぞ。庭師の家系だとか、粉ひきの家系だとか」

「ああ……そうなんだ」

「でもちゃんと叱《しか》っておいたから、もう悪口を言われることはないはずだ。よかったな」

「ありがとう……。別に僕は何を言われようと気にしてないけどね」

マルクがまた口元だけで薄く笑ったので、嫌な意味でドキッとした。

（これ、変な地雷踏んでないか……？　嫌な予感がぷんぷんするんだが……）

オルティガはわかっていないが、「お前の悪口を○○さんが言っていた」という報告は、余計なお世話でしかない。マルクをイラッとさせるようなことを言ってはいけない。

次に変なことを言ったら、今度こそ止めてやろう……と決め、グレンはオルティガの背後に回った。

一方のオルティガは、やはりそんな心情など露知らず、いつもの調子で喋《しゃべ》り続けた。

「それにしてもマルクはすごいな。ほとんど無名だったアンドラス家をここまで有名にしてさ。アンドラス家って、確かおじい様の代までは平民だったんだよな？」

「まあ、ね。きみみたいな名門貴族とは雲泥の差だよ」

「いや、それでもすごいよ。俺なんか最初から侯爵だったから、マルクみたいな苦労は多分できないし」

またもやとんでもない発言が飛び出してきて、グレンは目を剝《む》いた。

当のオルティガが全く悪気なく口にしていることも、大問題だった。

「そういう意味でも、俺はマルクを尊敬し……ぐべっ！」

さすがにこれ以上はマズいと思い、グレンは後ろからオルティガを思いっきり引っぱたいた。

そしてごまかすようにマルクに笑みを向けた。

「すみません！　そろそろ陛下との謁見の時間なので、我々はこれで失礼しますね」

オルティガを引きずるようにして、マルクから引き離す。

十分に距離がとれたところで周りに誰もいないのを確認し、グレンは思いっきりオルティガを叱り飛ばした。

「いい加減にしろアンタ！　あんな無神経なことマルクに言うとか正気か!?　あれじゃ恨みを買って当然だろ！　何考えてるんだ！」

「……えっ？　俺、そんな無神経なこと言ってたか？　誉《ほ》め言葉しか言ってないつもりなんだが……」

「褒めてない！　思いっきり上から目線で貶《けな》してたぞ！」

「ええっ!?　そうなのか？　一体どこがマズかったんだ？」

本気でわかっていないようなので、グレンは根本から説明してやった。

まずマルクは寒門出身だ。寒門というのは名門の逆で、最近貴族になったばかりの新興貴族を指す。

また大前提として、パレス王国は有力貴族が大きな権限を持っている国だから、貴族社会で出世していくのが何より重要となっている。

しかし権力争いの激しい王宮で、これといった後ろ盾のない寒門出身者が出世していくのは思った以上に難しい。どんなに努力したところで、名門貴族同士のパイプには勝てないからだ。

そうなってくると「たまたま国王に気に入られた」とか「知り合いに恵まれた」とか、偶然の縁や運に頼らざるを得なくなる。仕事ができる・できない以前の問題だ。

そんな環境にもかかわらず、なんとかマルクはのし上がってきたわけだ。あからさまな侮辱を受けたり、家柄で差別されたりすることも日常茶飯事だったろうし、地面に這《は》いつくばって惨めな姿を晒《さら》したことだってあるだろう（というか、原作小説にそういうシーンが描写されている）。

そんなマルクに「俺は最初から侯爵だった」、「マルクみたいな苦労はできない」なんて言ったらどう思われるか。想像するまでもない。

オルティガの言葉は、マルク以外になら誉め言葉になったかもしれない。が、マルクにとっては上から目線の傲慢《ごうまん》な侮辱にしかならないのだ。

グレンは盛大な溜息をついた。

「あなたに悪気がなかったのはわかっている……が、だからといって言われた側はいい気分にはならない。悪気がない分、悪意のある陰口よりタチが悪いんだ。貴族社会ってのはたったひとつの失言でも致命傷になることがあるんだから、もっとよく考えてから発言してくれ」

「そ、そうか……わかった……。言われてみれば、確かに俺が悪かったな。すまん……」

こちらに謝罪してくるオルティガ。

自分が悪いと思ったら、目下の者でも関係なく素直に謝罪できる。こういうところは昔から変わっていない。

本当に彼は、贔屓目《ひいきめ》抜きにしても長所の方が圧倒的に多いのだ。

ほんの少し人の気持ちを汲《く》み取るのが下手というか、正直すぎるだけで。

(そこはもう、俺が上手くカバーしてやるしかないな……)

今更ながら、オルティガがなぜマルクに貶められたのか理由がわかった。

自分の発言に問題があると気づかないまま、何度もマルクの地雷を踏み抜いてしまったからだ。オルティガを注意してやれる人物が側にいなかったからだ。

でも今回は違う。

グレンは原作とは違う行動をとり、オルティガの発言を叱責《しっせき》することも厭《いと》わない。

ちゃんと説明して叱ってやればオルティガは二度とこういった発言をしないし、これ以上の失言を重ねることもない。

　これで彼の振る舞いが改善し、マルクの恨みを買うこともなくなって「破滅ルート」を回避できるなら、それが一番確実だ。

　グレン自身もマルクと正面切って戦いたいわけではないから、無駄な衝突を避けられるならそれがベストなのだが……。

「……それにしてもグレン、マルクのことよく知ってるんだな？　いつの間にそんな仲良くなったんだ？」

「はっ……？」

　唐突にそんなことを言われ、グレンは我に返った。

　オルティガが怪訝な顔をしていたので、慌てて当たり障りのない理由を付け加えた。

「ああ、いや……仲良くなったわけじゃない。寒門出身者なら、普通はそう感じるよなって一般論を言っただけで」

「……そうなのか？　それにしてはマルクに対して思うところがあるみたいだったが」

「それは……。まあ、俺の話はいいじゃないか」

　ごまかすように話を戻す。

「それから『貴婦人たちがお前の悪口言ってた』って、わざわざ本人に報告するのも余計なお世話だからな。『ちゃんと叱っておいたからもう悪口は言われない』ってのも、恩着せがましすぎる。そういう一言も、今後は控えた方がいいぞ」

「そ、そうか……。そんなつもりはなかったんだけどな……。マルクに悪いことをしてしまったよ。今から謝ってくる」

「……いや、もう時間ないから。謝るのはまた今度にしてくれ」

懐中時計を確かめたら、十一時の謁見時間まであと五分に迫っていた。

第一宮殿まで急いで歩きながら、グレンは説教の続きをした。

「ついでに言っておくが、誰かを注意する時は第三者のいない場所に呼び出してからにすること。そうじゃないと相手に恥をかかせちゃうだろ。それで逆恨みする人だっているんだから、そういうところも気をつけないとダメだ」

「お、おう……すまなかった……。というか、なんか今日はお前に怒られてばかりだな」

「そりゃあ、怒られるようなことを連発してるからな。こんな有様で、今までよく誰にも目をつけられずにやってこられたと思うよ」

他の貴族相手ならまだ取り返しがつくが、万が一国王ジョセフに失言をかましてしまったら一巻の終わりだ。オルティガが変なことを言わないか、すぐ近くで自分が見張ってやらなければ。

そんなことを考えていたら、オルティガはふっと小さく笑った。

「でも、ちょっと嬉しいぞ」

「は？　何が嬉しいんだ？」

「いや、お前が本気で俺を怒ってくれてさ。それだけ真剣に向き合ってくれてるってことだから、逆にありがたいよ。こんなにガッツリ叱られたのは、父上以来かもしれない」

「……！」

「これからも、俺が変なこと言ったら容赦なく注意してくれよ？　……あ、でも後ろからぶん殴るのはできれば遠慮して欲しいな。あれ、結構痛かった」

「あ、ああ……それは気をつけるよ」

さすがに引っぱたくのはやりすぎだったか。

急いで止めないと……と思ったからつい手が出てしまったが、本来なら主人を殴りつけるのはご法度である。自分も注意しないと……。

「……続いては領地運営について、グロスタール侯爵から報告があるそうです」

「聞こう」

広い会議室で、国王ジョセフを中心とした報告会が行われている。

様々な職務を担当する大臣の他に、本日報告を行う予定の名門貴族が集められていた。

オルティガもそのうちの一人だ。

グレンはオルティガの後ろに控え、何かあったらサポートするつもりでチラリと国王ジョセフを盗み見た。

(そういえば、グレンとしてジョセフに謁見するのはこれが初めてだな)

今年で四十六歳になる国王ジョセフは、背が高い上に恰幅《かっぷく》もよく、いかにも威厳のある中年男性という印象を受ける。

働き盛りで溌剌《はつらつ》としたエネルギーに満ちている一方、様々な苦労を味わってきた人物らしいシワも目立っていた。

彼が即位した当時はまだ権力基盤が安定しておらず、有力貴族を優遇した上で国王に従ってもらう……という体制をとっていたのだ。

貴族たちの意見をよく聞きながら様々な事象を天秤《てんびん》にかけ、その上で最良と思える判断を下していた。

こうして定期的に報告会を開いているのも、昔からの習慣なのだろう。

ただ……最近のジョセフは、「あまり大臣たちの言うことを聞かなくなった」ともっぱらの噂である。もっとあからさまに「暴君になった」と評価する人もいるそうだ。

果たしてその噂は本当なのかどうか。グレンにはまだ判断できない。

「……以上がグロスタール領の報告となります」

提出した報告書とともに、オルティガが国王ジョセフに状況を説明した。

ここまでの内容に大きな問題はなく、失言などもなかったように思う。ひとまず安心だろうか。

上座で報告を聞いていたジョセフは、報告書を大臣にパスしてオルティガを見据えた。

「報告ご苦労であった。今後も貴族の責務を忘れず、励むように」

「はっ」

頭《こうべ》を垂れて返事をしたオルティガは、少しホッとしたように表情を緩ませた。

報告が終了したので、ジョセフから「下がってよい」と言われるのを待った。

「時に、グロスタール侯」

「はっ……？」

急に話を振られ、オルティガの顔に緊張が走った。後ろで控えていたグレンも、何事かと内心で訝《いぶか》しんだ。

「王妃のことだが、お前の目から見てあやつはどう思う？」

「……！」

王妃とはもちろん、ジョセフの正妻・ミーアのことだ。

そんな話題が飛び出してきたので、グレンは身を硬くした。

（なんだこの展開は……？　ここでミーアについて聞かれるって、既に浮気の疑いがかかっているってことか……？）

もしそうだとしたら、早いうちに潔白であることを証明しなければならない。

グレンが知る限り、今までオルティガがミーアと密会した事実はないし、後ろ指を指されるようなことはしていないはず。

だから、ジョセフが怪しむようなことは何もない。

一方のオルティガもなぜそんなことを聞かれたのかわからないらしく、頭を垂れたまま恐る恐る聞き返していた。

「どう、とは……？」

「いや、あやつはどうやら美形な臣下に目がないようでな。気に入った臣下をロータス離宮に勧誘して、そこに寝泊まりさせているらしいのだ。クライン伯爵やサイモン公爵の息子なども、今は離宮住まいらしい。……何をしているかまでは、知りたくはないがな」

「は、はあ」

「お前は臣下の中でも一、二を争う美形だ。ミーアから声がかかっていないか、聞いておこうと思ってな」

「いえ、そのようなお話は一度も。何度かお会いしたことはありますが、ロータス離宮の話はされたことがありません」

と、オルティガが正直に述べた。

この場合は、下手にごまかそうとするよりストレートに事実を伝えるのが正解だろう。ただ、この発言が別のフラグに繋がらないか少し心配ではあったが。

「……ならよい。お前が相手では、さすがの私も敵《かな》わんからな」

などと、ジョセフが冗談めかして言う。

「そもそも、お前は王妃と浮気できるような輩《やから》ではなかったか。亡きナルギスも言っていたが、お前は馬鹿正直で曲がったことを嫌う性格だ」

「お褒めいただき光栄でございます。身内にはよくそれで怒られていますが、生憎《あいにく》性分ですので私は一生このままです」

「……お前の発言に裏がないことは知っている。ロータス離宮に誘われたことがないというのなら、それが真実なのだろう」

「はい」

「話は以上だ。下がってよい」

「はっ」

会議室を退出し、オルティガは急いで第一宮殿から前庭に出た。グレンもその後を追った。

「はあ……びっくりした。いきなりあんな話を振られるとは思わなかったぜ」

オルティガが前庭の噴水付近で大きく深呼吸をする。

「なあ、俺マズいこと言ってないよな？　陛下に対して無礼な発言はしてないよな？」

「ああ、多分な……。引っかかるところはなかったはずだ」

「よ、よかった……。もう、冗談抜きで頭真っ白になりかけたよ……」

安心したように笑みをこぼしてくる。

「というか、なんで陛下は急にあんなことを聞いてきたんだ？　ロータス離宮に関しては、陛下も了承してるもんだと思ってたんだが」

「さあ……？　そこは俺もよくわからない。今までは黙認してきたが、あまりに目に余るから気になってきたのかもな」

ジョセフ自身、親子ほど歳の離れた妻にはやや引け目を感じているらしく、ある程度はミーアの好きなようにさせてやろうと考えているようだった。

国費で「ロータス離宮」を作った時も何も言わなかったし、美形の貴族に声をかけてロータス離宮に囲いまくっていても見て見ぬフリをしていた。

ただ、近年ミーアは美形を集めるのみならず、離宮内でいかがわしいこともしているのではないかと噂になっている。誰にも注意されないのをいいことに、浮気を繰り返しているとも囁《ささや》かれていた。

さすがのジョセフも「浮気」を黙認することはできず、一番目をつけられていそうなオルティガに話を振ってきた――そんなところだろう。

「しかしミーア様なぁ……。可愛《かわい》い人なんだろうけど、ちょっとなぁ……」

オルティガが歯切れの悪いことを言い出す。

気になり、グレンは歩きながら尋ねた。

「ちょっとってなんだ？　何か思うことがあるのか？」

「いや、その……あまり言いたくないが、ああいうタイプは苦手というか……」

「え、そうなのか。珍しい。オルティガには、人の好き嫌いはないのかと思ってた」

「や、さすがの俺も苦手な人の一人や二人いるって。というか、若い女性に対してどう接していいかわからないってのもある」

「……そういえば、オルティガって今まで一度も女性と付き合ったことないよな。いかにもモテそうなのに、婚約者すら決まってなかったっけ」

「あー、うん。欲しいと思ったこともないな」

「なんでだ？　別に女性が苦手ってわけでもないんだろう？」

「苦手ではない。けど、なぜか昔からあまり興味持てないんだよ。好きでもない女性と付き合うのも不義理な気がするし、しばらくは独身でいいやって」

「でも、いずれは結婚して跡継ぎを作らないといけないだろ？」

「そういうこと言わないでくれよ……。いざとなったら養子をとるし、結婚なんかしなくてもなんとかなるって」

……本当になんとかなるんだろうか。グレンとしてはやや複雑である。

「……まあいいけど。で、ミーア様は苦手なのか。そんなに苦手意識を持つほど、接触する機会があったのか？」

「いや、回数はそんな多くないよ。でも遭遇するたびにベタベタ触ってくるわ、甘えたように擦り寄ってくるわで困ってたんだ……。既婚者がそういうことをするのはマナー違反だっていうのに、やんわり断っても全然聞いてくれないんだから。相手は王妃様だから邪険にするわけにもいかないし、どうすりゃいいのかわからなくてさ……。だから王宮に来る時は、見つかる前に逃げるようにしてたんだ」

「はあ、そうだったのか……」

確かにそれは、オルティガにとっては災難以外の何物でもないだろう。

原作でもミーアはあまり話の通じるキャラではなかったので、見つかる前に逃げるというのは正解だったかもしれない。

（でも、オルティガがそういう認識ならちょっと安心かも。少なくとも、ミーアと二人きりになるような真似はしないだろうし）

もちろん全面的に油断はできないが、「破滅ルート」回避の可能性が上がったようで少しホッとした。

「はあ……なんかどっと疲れた。もう帰ろうぜ。ミーア様に見つかったら面倒だしな」

「ああ、そうだな」

二人で正門に停《と》めてある馬車まで戻る。

だがそこで、予想外の人物と遭遇してしまった。

「あ、やっと帰ってきたね」

馬車の前でマルクが待ちかまえていた。

こんなところで待ち伏せされているとは思わず、さすがのグレンも動揺した。

（えっ⁉　なんでこんなところにマルクが……？　どういうことなんだ……？）

一体何を企《たくら》んでいるのだろう。彼の動きが読めなさすぎて心臓に悪い。

不安を抱いているグレンとは対照的に、オルティガは真面目な顔でマルクに話しかけていた。

「マルク、さっきは悪かったな。いろいろと無神経なことを言ってしまってすまなかった」

「……ん？　なんの話？」

「いやほら……なんかちょっと、上から目線に思われること言っちゃったからさ。後で謝ろうと思ってたんだ」

「ああ、それ……？　別にそんなの気にしてないよ」

マルクはチラリとこちらに視線を注ぎ、再びオルティガに目を戻した。

「そんなことよりオルティガ、そこの側近さんと少し話をしたいんだけど、いい？」

「ん？　グレンに用があったのか？」

「うん、そう。大事な話だから、二人きりで話をしたいんだ。時間はとらせないよ」

思わず「えっ」と声が出そうになる。

(俺と二人きり……!?　なんだそれ？　ますます怪しいんだけど……。これ、何かのフラグじゃないのか……？)

こんな展開は原作にはない。

そもそも、グレンとマルクが接触する機会が全くなかった。

原作にない展開だからこそ、これがどんなフラグになるかわからず、不気味さだけが募ってしまう。

「ああ、そうなのか。なら気が済むまで話をしてきてくれ。俺のことは気にしなくていいからな」

「ありがとう。じゃあ、ちょっと側近さん借りていくね」

オルティガが許可してしまったので、グレンはマルクに前庭の隅に連行されてしまった。普段は誰もいない、人目につかない場所だ。

（さすがに直接手を出してくることはない、よな……？　そんなことしたら、誰の仕業かすぐにわかっちゃうし……）

マルクは他の誰かをそそのかして、有力貴族を失脚させるのが得意だ。

直接自分で対象を手にかけることはなく、証拠が残るようなことも滅多にしない。

だから、今ここで自分が始末されることはないと思う……多分。

「それで、お話とは？」

一定の距離をとって尋ねたら、マルクはくすっと小さく笑った。

「ふふ、警戒してる。その様子だと、僕のことも熟知してるって感じだね」

「……。ご用件はなんでしょう？」

「お急ぎかい？　なら単刀直入に言おうか」

マルクがつかつかとこちらに歩み寄ってくる。

距離を詰められるにつれ、心臓の鼓動も大きくなっていった。

……一体なんのつもりなんだ？

「きみ、転生者だよね？」

「っ……!?」

こっそり囁かれた言葉に、本気で心臓が飛び出すかと思った。

一瞬思考が停止し、頭が真っ白になってなんの言葉も出てこなくなる。

（は？　今なんて言った？　転生者かって？　聞き間違いじゃないよな……？）

なぜマルクがそのことを知っているのだ？　いや、そもそもどこでバレた？　というか、今の段階でマルクに転生者だとバレるのは非常にマズいのではないか？　こちらがオルティガを救おうとしていることがバレバレではないか。敵に手の内を晒しているようなものである。

マルクが何を考えているか知らないけど、ここは上手くごまかさなければなるまい。

「さあ……なんのことやら。意味がわからないので、これで失礼してよろしいですか？」

そう踵《きびす》を返そうとしたのだが、それもマルクに腕を摑《つか》まれて止められてしまった。

「とぼけなくていいよ。僕もそうだから」

「えっ……!?」

「なんでわかったかって？　そりゃあきみ、原作のグレンとは全く違う行動をとっているんだもの。原作では、グレンがオルティガに同行することはなかったでしょう？　それが今日は一緒にいたから、これはおかしいと思ってね。なんなら僕との会話を邪魔するようなこともしてきたし、明らかに不自然な行動だ」

「………………」

「だからきみは、僕と同じ転生者なんじゃないかと思ったわけ。図星だろう？」

にこりと微笑まれ、グレンは摑まれていた手を振り払った。

何度か深呼吸をして気持ちを落ち着けた後、あえて淡々とした口調で答える。

「……だとしても何なんです？　俺はオルティガ様の側近なんですから、オルティガ様と一緒に行動するのは不自然なことではないでしょう。あなたにとやかく言われる筋合いはありません」

「うーん……でもそれ、原作に沿ってないんだよね。きみ、『悪徳の栄光』の原作読んでないの？」

「……読みましたよ。でも、それとこれとは関係ないでしょう。原作はあくまで原作であって、今はそれとは別の世界になっているんですから」

そう反論したのだが、マルクの表情は変わらなかった。

含みのある笑みを湛《たた》えながら、こんなことを言ってくる。

「その辺、きみと僕とでは考え方が違うんだよね。僕はあくまで原作には準拠すべきだと思っている。原作をリスペクトしているからこそ、原作クラッシャーは許せないんだ。きみのやっていることは、原作に対する冒瀆《ぼうとく》だよ」

「では、オルティガ様が冤罪で処刑されるのを黙って見ていろって言うんですか？　主人が罠に嵌められそうなのに、それを傍観している側近がどこにいるんです？　そもそもあなたがオルティガ様を嵌めなければ、俺だってこんなことしなかった。あなたは原作に準拠すべきって言いますけど、俺の立場的には絶対準拠するわけにはいかないんです」

「へえ？　つまりきみは、オルティガを助けるために動いているってわけだね？」

核心を突かれ、グレンは一瞬言葉に迷った。

だが、ここまで見破られている以上隠しても意味がないと思い直し、ぐっと腹に力を込めてマルクを見返した。

「……そうですよ。あんな終わり方、絶対に納得できない。他の胸糞貴族と違って、オルティガ様は何ひとつ後ろ暗いことをしていないんです。確かにちょっと無神経な発言はありましたが、それだって殺されるほどの罪ではないはずだ。あの人はいつだって真っ直《す》ぐで、目下の者にも分け隔てなく接する優しい人です。なのに、冤罪で処刑されるなんてあまりに酷すぎる。あの結末はどう考えてもやりすぎです」

「ふーん？　でもそれ、あくまできみの感想だよね？　きみがどんな感想を抱こうが、作者が描いた世界が全てだよ。それ以外の結末なんてないと思うけど」

「いいえ、結末はまだ決まっていません。オルティガ様のことは必ず俺が守ります。あなたがどんな手を打ってきても、絶対にオルティガ様を処刑させたりしません。破滅フラグなんて全部へし折ってやりますから、そのつもりで」

「へえ……？」

マルクは片眉《かたまゆ》を上げてこちらを見てきた。

グレンも挑むようにマルクを見返した。

しばらくバチバチと視線がぶつかり合っていたが、やがてマルクがニヤリと挑発的な笑みを浮かべてきた。

「だったら、止めてみればいいよ」

「は……？」

「僕はあくまで原作準拠を貫く。オルティガが処刑されるって大筋が原作で決まっているのなら、そうなるように行動するだけだ。それが嫌なら、僕を止めてごらんよ」

「……！」

あまりにもストレートな挑戦状だった。

こんなにあからさまに「やれるものならやってみろ」と言われるとは思っていなかったので、グレンはかえって拍子抜けした。

「……まるでゲームでもプレイしているような口振りですね？　俺をおちょくっているんですか？」

「まさか。僕だって真剣さ。原作者が心血を注いで作り上げたこの世界を、第三者の勝手な理屈でぶち壊されちゃたまらないからね」

「…………」

「何度も言うけど、僕は原作リスペクトの立場なんだ。こっちはこっちで思うようにやらせてもらうから、そのつもりでね」

同じような台詞《せりふ》を返してくるマルク。

それじゃ、と立ち去ろうとする彼に、グレンは質問を投げかけた。

「……ひとつだけ聞かせてください。なぜあなたは、そうまでしてオルティガ様を嵌めようとするんですか？」

「なんでって、原作でそう決まってるからで……」

「本当にそれだけなんですか？　あなたは先ほどからやたらと原作にこだわっていますが、そもそも原作のテーマは『胸糞貴族をザマァしていく痛快エンタメ小説』のはずでしょう。だけど、オルティガ様は胸糞貴族ではない。原作であなたに貶められてきた貴族たちとは明らかに違う。にもかかわらず、あなたはオルティガ様の処刑をご丁寧に再現しようとしています。テーマにそぐわないにもかかわらず、です」

「………」

「あなたがオルティガ様を貶める、本当の理由は何なんですか？」

マルクが肩越しにチラリとこちらを透かし見た。

赤い目を細め、じっとりした視線を注いでくる。

グレンも負けじと睨み返したが、やがてマルクは少し嘆くような口調で言った。

「オルティガも立派な胸糞貴族だったから……かな。少なくとも、僕にとっては」

「は……？」

「オルティガにはわからないだろうね、寒門出身者の気持ちなんて。最初から何もかも持っていて、下から這い上がる苦労をしたことのない彼にはさ。だから平気で『マルクみたいな苦労はできない』なんて言えるんだ」

「それは……」

反論しづらいことを言われ、グレンは押し黙った。

「パンがなければお菓子を食べればいいのに」という、有名な台詞がある。

一般的には貴婦人が庶民を侮蔑《ぶべつ》している台詞だと思われがちだが、これには別の解釈も存在する。

庶民の暮らしを全く知らないがゆえに飛び出してきた「悪意なき疑問」という説だ。

要するに、これを言った貴婦人にとって自分の食卓にパンやお菓子があるのはごく当たり前の日常だったのだ。だから素朴な疑問として「なぜお菓子を食べないのかしら？　パンがなくてもお菓子があるのに」という言葉が出てきたのである。

オルティガが無意識にマルクを見下す発言をしてしまうのは、そういった事情に少し似ている。

オルティガにとって、名門貴族としての地位・権力・富を持っているのは息をするように当たり前のことなのだ。最初から恵まれた環境で育ってきてしまったから、それ以外の環境で育った人間のことはほとんどわからないのだ。

もちろんオルティガ本人は、マルクを同じ貴族の友人だと思っている。「寒門出身でも関係ない、貴族は貴族だ」と差別せず接しているつもりかもしれない。

でも違うのだ。

名門出身者と寒門出身者とでは、そもそも置かれている環境が明確に異なっている。王宮デビューを果たした時点で、地位や権力にかなり大きな差ができているのだ。

その辺りの複雑な事情を、オルティガはまだ理解できていない。それが先ほどの「悪意なき侮辱」に繋がってしまったのだろう。

「……それについては大変申し訳ありませんでした。あの後すぐに厳重注意しましたので、今後はああいった発言はなくなると思います」

グレンは深々と頭を下げた。

一度言ってしまった発言は取り消せないが、誠心誠意謝ることはできる。

オルティガ自身も反省しているし、どうか今回のことは水に流して欲しい。

だがマルクは、冷たい口調でひらひらと手を振ってきた。

「そんな謝罪いらないよ。きみに謝ってもらっても意味がないもの」

「ですが……」

「人の価値観はそう簡単には変わらない。何かとてつもなく大きな出来事を経験しない限りはね。ああいう発言が自然と出てきたってことは、それがオルティガの本心だったんだろう。表面上は平等に接しているように見えて、深層意識ではこっちを見下しているんだ。

しかも本人はそれを全く自覚していない。なんとも腹立たしいね」

「そんなことは……」

「そんな苦労知らずの名門貴族様に、頭を下げられたって逆にイラッとするだけだ。なんにも理解してないくせに、形だけ謝罪しているように見えちゃう。そんな謝罪だったら、しない方がマシだね」

「………」

「ついでだから僕も聞いていい？　どうしてきみは原作から外れてまで、オルティガを助けようとするの？　彼が可哀想《かわいそう》だから？　自分の主人だから？　本当にそれだけの理由で、僕の邪魔をしているのかい？」

マルクの鋭い視線がグレンを貫いた。

離れたところから見られただけなのに、なぜかグレンにはマルクが一回り大きくなったように見えた。主人公という圧倒的強者の立場から、見下ろされている錯覚に陥った。

それでも……ここで臆するわけにはいかない。

「今の俺があるのは、オルティガ様のおかげだからです」

「へえ？」

「俺は子供の頃に、流行《はや》り病で両親を亡くしました。たいした財産もなかったから、あのままだったら一人路頭に迷って野垂れ死んでいたでしょう。そんな俺をオルティガ様が救ってくれたんです。俺を屋敷に招待して、『ここで一緒に暮らそう』って手を差し伸べてくれました。彼がいなければ、俺は今ここにはいない。俺にとってオルティガ様は、命の恩人なんです」

「ふーん……？」

「あなたから見れば、オルティガ様は苦労知らずの名門貴族かもしれません。だけど、オルティガ様だってグロスタール家の当主になるべく、何年も努力してきたんですよ。遊びたい盛りだったのにそれを我慢して、領民や家族のために仕事に勉強に鍛錬と……ずっと骨身を削ってきました。それを『苦労知らず』だなんて言って欲しくない。オルティガ様のことを知らないから、彼がただのお坊ちゃんに見えているだけです」

「…………」

「さっきあなたは『寒門出身者の気持ちはわからない』って言ってましたね。それならあなただって、名門貴族の気持ちはわからないでしょう。最初から多くのものを持っているからこそ、それを守るために自分を犠牲にしなければならない……そんな時がたくさんあるんです。名門貴族の当主であり続けるのは、あなたの想像以上に大変なことなんだ。多くの責任も伴うし、領民を守る義務も発生する。それでもオルティガ様は、本来の『彼らしさ』を失わないままでいてくれるんです。そんな人だから俺は何がなんでも救いたいと思ったし……」

好きになったんです、と心の中で付け足した。

（いや、正確には「ますます好きになった」かな。子供の頃からずっと好きだから……）

最初は救ってもらった恩義の方が大きかったかもしれない。

けれどそこからともに育ち、オルティガの人となりを知っていくにつれ、恩義とは別の好意がじわじわ芽生えてきた。

成長するにつれてかっこよくなっていく彼は見ていて誇らしかったし、領主として仕事に奮闘している姿は純粋に応援したくなる。大人になっても変に擦れることなく、ずっと素直なままでいてくれるところも愛《いと》しくてたまらなかった。

（思えば、かつての俺が「側近」の立場を固持していたのも、この気持ちを悟られないようにするためだったのかもな……）

オルティガはグロスタール侯爵家の当主だから、いつかは誰かと結婚して跡継ぎを作る必要がある。本人は「養子をとればいい」などと軽く考えているが、そう簡単な話でもないだろう。

いずれにせよ、グロスタール家の存続を考えたらグレンの気持ちなんて邪魔にしかならない。

それなら自分は、オルティガが幸せな家庭を築いていくのを側で見守りたい。彼を心の中で想いながら、笑って天寿を全うするのを見届けたい。

そのためにも――こんなところでマルクに負けるわけにはいかないのだ。

「……なるほどね」

マルクが小さく頷いた。しばらくこちらを見た後、ふいと視線を逸《そ》らす。

「きみはそこまでオルティガのことを想ってるんだね。決められた運命をひっくり返したいと思うほどに」

「………………」

「そんなに想える相手がいて、ちょっと羨《うらや》ましいな……」

「えっ……？」

「じゃ、僕は行くよ。愛しのご主人様によろしく」

最後まで嫌味を言って、今度こそマルクは立ち去っていった。

彼の背を見ながら、グレンは重苦しい溜息をついた。

（イマイチ摑みきれないところもあったが……マルクの名門コンプレックスはかなり根深いみたいだな……）

和解できれば一番よかったが、そう甘いことも言っていられない。

オルティガを破滅させる意志は変わらないようだし、お互い転生者だと知れた以上、ますます気が抜けなくなった。本当の戦いはここからだろう。

グレンはのろのろとオルティガの待つ馬車まで戻った。

「お、グレンおかえり。マルクの話はもう済んだのか？」

オルティガが顔を上げてこちらを見る。

問題の彼は、馬車に寄りかかりながら一冊の本を読んでいた。

「待たせてごめん。……ところで、その本は？」

「ああ、これ宮殿の書庫から借りてきたんだ。寒門出身者を主人公にした小説なんだが、これ読んだら少しは勉強になるかと思ってな」

「……！」

「……やっぱり意図せず他人を傷つけちゃうのは本意じゃないからさ。今後はそういうことがないように、相手の気持ちもちゃんと汲み取れるようになりたいんだ」

「そう、なのか……」

「しかし、ここの場面……正門で門前払いを食らうシーンがあるんだが、これ本当なのか？　俺はそんなことされた覚えがないぞ」

「……それだけ、寒門出身者の王宮デビューはハードルが高いってことだよ」

そう答えたら、オルティガは「そうなのか⁉」と驚いた顔をしていた。またひとつ、彼の中に寒門出身者に関する新しい知識が増えたようだ。

（わからないなりにも、オルティガはマルクのこと理解しようとしているんだよな……）

それなのに、「自分にとっての胸糞貴族だったから」などという超個人的な理由で処刑してしまうなんて乱暴すぎる。

マルクの目から見ればオルティガは嫉妬《しっと》の対象になるのかもだけど、オルティガだって違う方向で苦労しているのだ。なのに殺されてしまうのは、やはり納得できない。

「よし、じゃあ帰るか」

「あ……うん」

二人で馬車に乗り込み、グロスタール家の領地に戻る。

馬車に揺られている中、グレンは横目でオルティガを見た。彼は相変わらず曇りのない眼で、窓から領地を眺めていた。

「……オルティガ」

「うん？　どうした、グレン？」

「あなたのことは、俺が守るから」

「えっ……？」

オルティガが目を丸くしてこちらを見た。

素直な驚きで顔全体が覆われ、しばらくポカンとしたまま一言も発さない。

そうやって見られているうちにだんだん気まずくなってきて、グレンはふと目を逸らした。

「……あの、そんなに驚かないでくれるか？　なんか恥ずかしくなってきた」

「ああいや、すまない。初めてそんなこと言われたから、つい……」

「初めてって……」

「初めてだろ。というか、本来それは俺の台詞な。家族や領民を守るのは、領主の務めなんだしさ」

「そうかもしれないけど、そんなこと言ったらオルティガを守ってくれる人は誰もいなくなるじゃないか。領主であっても、一人の人間だ。それを支える人は必要だと思う」

「グレン……」

「俺にできることは限られているが……それでも、あなたを守ろうって気持ちに嘘偽りはない。あなたが困っている時は側で支えるから、気になることがあったら言って欲しい」

そう言ったらオルティガはくしゃっと笑い、照れたように目を逸らした。

そして軽く頬《ほお》を掻きつつ、やや歯切れの悪いことを言ってきた。

「いやぁ……なんだろうな、この気持ち。嬉しいけど気恥ずかしくて、でもやっぱり嬉しいって感情が行ったり来たりしてる」

「はあ」

「とにかくありがとう。そこまで考えてくれているとは思わなかったよ。これからも、いい友人でいてくれよな」

「あ……ああ、そうだな」

グレンは曖昧に微笑んだ。

（いい友人、ね……。やっぱりそうだよな……）

わかってはいたが、ハッキリ「友人」と言われるとちょっとだけ胸が痛む。いや、告白するつもりはないし、一生片想いでいいのだけれど……。

話を変えるように、グレンは念を押した。

「あと、今度どこかでマルクと会ったら、なんの話をしたか俺にも教えて欲しいんだ」

「ん？　別に構わないが……なんでだ？」

「いや、ほら……また意図せず失言してたら困るじゃないか。それに、マルクがどこで何をしているかも気になるし」

「……そこまで気になるのか？　俺はもうマルクに対して失言はしないつもりだが。というか、グレンがそこまで気にする相手ってのも珍しいな……」

ややや釈然としない顔をするオルティガ。

しょうがないだろう、マルクはあなたの天敵なんだから。あなたを守るためには、天敵の動きは逐一知っておかないといけないんだよ。

そう内心で反論し、グレンは馬車の外を眺めた。そろそろグロスタール領に入るところだった。

4

それから数日後。

グレンはオルティガに紅茶を差し出しながら、一人思案した。

王宮に出向いてしばらく経ったが、これといった騒動は起きていなかった。

（平和すぎるのも逆に不気味だけどな……。マルクは今、どこで何をしてるんだろう）

おおかた、グレンの目が届かないところで、オルティガを嵌める策略をあれやこれやと練っているに違いない。

こちらを罠に嵌めるには必ず何かしらのアクションを起こしてくるはずなので、そろそろ一本目のフラグが立ってもおかしくない頃だ。

原作小説のプロットによれば、近いうちに怪しい手紙が届きそうなのだが、果たして……。

「うん、今日の紅茶も美味《うま》いな。やっぱりお前が淹れてくれた紅茶が一番口に合うよ」

「…………」

「どうした、グレン？　なんかボーッとしてないか？」

「え？　ああいや……大丈夫だ、なんでもない」

「そうか？　疲れているなら休んできてもいいぞ？　ずっと俺に付き添うのも大変だろう」

「大丈夫だって。ちょっと、その……マルクがどうしているのか気になっただけだ」

そう言ったら、オルティガはティーカップを置いた。

怪訝そうな顔でこちらを見上げ、尋ねてくる。

「なんでそんなにマルクのことを気にするんだ？　ここ数日、ずっと気にしているみたいだが」

「いや、それは……彼の動向によっては、こちらの行動に影響してくるというか……」

「……そうか？　別にマルクがどこで何をしていようが、俺たちは俺たちで普通に生活していけばいいと思うけどな」

そういうわけにはいかないから、気になっているんだろ……と言いたかったが、信じてもらえないと思ったので黙っておいた。

気持ちを切り替えるべく、グレンは一度オルティガの部屋を退出した。

「ちょっと郵便物を確かめてくる。何か重要書類があったら持ってくるよ」

グロスタール家はこれでも名門貴族なので、毎日何かしらの郵便物が届く。

領地運営などの仕事に関する報告書や国王ジョセフから発行された公文書はもちろん、全く関係ないプライベートな手紙も届けられるのだ。

プライベートな手紙は使用人の家族からの近況報告がほとんどだが、たまにオルティガの貴族友達からの訪問の旨を問う手紙だったり、うら若き令嬢からのファンレターが混ざっていたりもする。

オルティガは見ての通り容姿端麗で性格も真っ直ぐなので、上級貴族の令嬢からはなかなか人気があるようだ。

（まあ中にはファンレターの域を超えて、激しい恋愛感情を綴《つづ》ってくる人もいるけどな……。そういうのは、あらかじめこっちで振るい分けしておかないと）

本当はオルティガに見せるべきなのだが、彼に見せたら馬鹿正直に返事を書いて相手に誤解を与えかねない。

こういった恋文は返事を書くこと自体がＮＧで、のらりくらりと躱《かわ》すのが一番なのだ。

特にうら若き令嬢などを相手にする場合は、ストレートに断るのは相手に恥をかかせてしまうので、お断りの手紙を書くのもダメだと言われている。

そういった恋愛の機微はオルティガに任せると墓穴を掘るのが確実なので、あえてこちらで処理するようにしているのだ。

「ええと、何なに……？　孤児院の院長からの手紙に……騎士団長からの報告書……それと……ん？」

大量の手紙を仕分けしていたら、一通だけ気になる手紙を発見した。

質のいい白い封筒が使われており、シーリングスタンプでキッチリ封がされている。そのスタンプに押されている紋章は、間違いなくパレス王家の紋章であった。

（これは……!?）

差出人は書かれていない。少なくとも普通の報告書ではないことは明白だ。

ということは、つまり……。

「……！」

グレンはペリッとシーリングスタンプを剝《は》がし、中の手紙を確認した。

案の定、そこには特徴的な字で「オルティガ様へ」と書かれており、一番下の差出人には「王妃ミーア」の名がサインされていた。

（うわ、やっぱり……！　ヤバい人から手紙が来てしまった……！）

ミーアも、当然のことながら要注意人物である。

念のためザッと目を通してみたところ、そこには「相談したいことがあるから二人きりで会いたい」という旨が綴られていた。筆跡もミーアのものだったので、彼女がこれを書いたので間違いないだろう。

（ったく、ミーア様も何を考えているんだ……。いくらなんでも脳内お花畑すぎるだろう）

いかに王妃からの頼みであろうと、オルティガが彼女に謁見するなどいろんな意味でああり得ない。

これは見なかったことにして、グレンは「処分用」の籠《かご》に手紙を放り込んだ。

（……やれやれ。俺が先に目を通しておいてよかったな）

もしオルティガが見ていたら、「王妃様の頼みなら仕方ない」などと言ってノコノコ会いに行ってしまっていたに違いない。とりあえず、第一の罠は回避できた。

問題なさそうなプライベート用の手紙と仕事関連の手紙を分け、オルティガのところに持っていく。

（これでしばらくは安心か……）

そう思って少しホッとしていたのだが、三日と経たないうちにまたミーアから手紙が届けられた。

前回と同じように「相談したい」という内容に加え、一通目の返事をしなかったせいか

「なぜ来てくれないのか」、「来てくれないならこちらから会いに行く」みたいな脅迫めいた文面も追加されていた。

（……うわ、めんどくさ。これだから頭の弱いメンヘラ王妃は困るんだよ）

やれやれと溜息をつく。

どんなに脅されようと、オルティガに接触させるわけにはいかない。かといって、このままずっと放置しておくにも限界がある。

さて、どうしたものか……。

あれこれ悩みつつ、ひとまず問題なさそうな手紙だけ先にオルティガに持っていった。

その後、仕事をしながら頭の中でどうしようかと対策を練っていたのだが、

「なあグレン。ミーア様から手紙が届いてるって話なんだが、知らないか？」

「……は？」

唐突にオルティガからそんなことを聞かれ、グレンは思わず目を剝いた。

（おい、ちょっと待て。なんでミーア様から手紙が来てること知ってるんだ？　どこでバレたんだ？）

まさか使用人の誰かが告げ口したんじゃないだろうな……と疑いかけていると、オルティガはなんの気なしに一通の手紙を掲げてきた。

「いやね……王宮からの報告書とは別に、もう一通手紙が入っててさ。『ミーア様からのお手紙は読みましたでしょうか？』とか書いてあったんだよな」

「えっ⁉　本当か？　一体誰からの手紙なんだ？」

グレンは慌ててその手紙を読んでみた。

そこには、ざっくりとこんなことが書かれていた。


「三日ほど前に、ミーア様が貴殿に手紙を差し上げております。が、未だに返事が来ないと嘆いていらっしゃるご様子です。早急なご対応をよろしくお願いいたします。

　メゾン公爵」


違和感を覚え、念のため一枚目の報告書と筆跡を比べてみる。大きく異なっている箇所はなく、ご丁寧に差出人のメゾン公爵のサインまで入っていた。

グレンが驚愕《きょうがく》していると、オルティガはさも不思議そうに首をかしげてきた。

「メゾン公爵って、そんなにミーア様と親しかったか？　どちらかというと、あまり関《かか》わりたがらないタイプだと思ってたんだが」

「いや、これは……」

「というか、報告書にそんな手紙が入ってること自体、初めてなんだけどな……。よっぽど火急の要件なのかね？　そんな急ぎの用なら、近くの大臣にでも相談してくれればいいのにな」

もっともらしいことを言っているが、問題はそこではない。

グレンは思わず髪を掻き毟《むし》りたくなった。

（くそ……これ絶対マルクの仕業だろ……！　筆跡まで真似られるとか、どんなスペックしてるんだ……！）

こんなことをされたら、手紙が証拠にならなくなる。

この世界には筆跡鑑定の専門家なんていないから、その人物に成りすまして手紙を送られたら本物か偽物かの区別がつけられない。

いくら向こうのやり口がわかっていても、これでは対処のしようがないではないか。

やはり策謀に関しては、マルクの方が一枚も二枚も上手のようだ。

どうすりゃいいんだ……と内心で嘆いていたのだが、オルティガはまたもやなんの気なしに尋ねてきた。

「それで、ミーア様からの手紙ってどこにある？　お前、いつも郵便物チェックしてるだろ？　知らないはずないよな？」

「え？　あー……それは、その……」

「いや、怒ってるわけじゃないんだ。お前のことだから、俺に手紙を渡さなかったのは何か理由があるんだろ？　それを詳しく聞かせて欲しいんだ」

「……………」

そんなふうに言われ、グレンの気持ちは少し揺らいだ。

このままオルティガを自室に連れていき、証拠としてとっておいた手紙を見せて事情を全部説明してやりたい衝動に駆られた。

（でも、正直に話したところで信じてもらえるはずないからな……）

自分の前世は「忍野紅蓮」という日本人男性で、ここは「悪徳の栄光」というエンタメ小説の世界で、自分はこの先の展開を全部知っていて、このまま進んだらオルティガはマルクに嵌められて処刑されてしまう……なんて。

グレン自身もあまりに荒唐無稽《こうとうむけい》だと思うし、人のいいオルティガでもさすがに全面的に信じてはくれないだろう。

突然妄言を吐き始めた側近を心配して、「疲れているんじゃないか？」と休暇を与えられるのがオチだ。

（……かといって、これ以上ごまかすのは得策じゃない。問題ない部分だけでも話しておくか……）

やむを得ず、グレンは一番無難な答えを選んだ。

「……ごめん。たいした用じゃなかったんで、こっちで処理しておこうと思ったんだ。オルティガは領地の仕事で忙しいから、手を煩わせるのも忍びなくてな」

「そうなのか？　具体的にどんな内容だったんだ？」

「それは……相談したいことがあるとかなんとか」

「相談？　なんだそれ？　とりあえず『どんな内容ですか』って返事を書いた方が……」

「いや、書かなくていい！」

大きな声で遮ってしまったので、オルティガが驚いて目を丸くした。

戸惑っているオルティガを見て我に返り、グレンは落ち着いて答えた。

「……ごめん。でもミーア様のことだから、絶対にたいした相談事じゃないよ。政治のことじゃないのは明白だし、色恋沙汰だとしたら相談相手を間違えている。俺が代わりに当たり障りのない返事をしておくから、オルティガは気にしないでくれ」

「そ、そうか……？　ならまあ、お前に任せておくか……。でも、何かあったらすぐに教えてくれよ？　約束だぞ」

「……ああ」

グレンは当たり障りのない返事──「どういった内容か、子細を伺えないと相談には応じかねます」、「政治に関する話なら周りの大臣、恋愛に関する話なら同じ女性の方が相談になるかと」みたいなことを、かなりオブラートに包んで手紙にしたためた。

かなり婉曲《えんきょく》なお断りの手紙だが、ミーア本人に届く前に部下が検閲するはずなので、読解力のないミーアにもこれで通じるはずだ。

（これでひとまず、この件は区切りがついた……か？）

また他の手紙が送られてくる可能性もあるが、その場合はまた上手い具合に躱したお断りの手紙を返してやればいい。

これで、次の定期報告までは安心なはずだ。

定期報告には必ず王宮に行かなければいけないけれど、前回同様、常に自分が後ろから見張っていれば、大きなフラグは立たないだろう。で、ミーアに見つかる前にさっさと帰宅する。これでＯＫだ。

そう思っていたのだが、二日後の昼頃、予想もしていないトラブルが起きた。

「ごめんください」

誰かが屋敷のエントランスに現れたらしく、使用人や侍女たちが騒いでいた。

ちょうどエントランスを通りかかったグレンは、何事かと訝しんだ。

「こ、困ります……。さすがに全くのお約束なしで訪ねてこられるのは……」

グロスタール家の執事長・コルサが、訪問者を一生懸命説得している。

訪問者はよくある使用人のようで、コルサと同じように無難な黒服に身を包んでいた。

その訪問者が、苦笑いしながらこんなことを言っている。

「申し訳ありませんね。こちらも一応止めたんですけど、どうしてもって聞かなくて」

「そう言われましても……」

「会えたら満足してくださると思うので、オルティガ様を呼んできてくださいませんか？

我々もこのままじゃ帰れないんですよ」

話の内容からなんとなく嫌な予感がしたので、失礼を承知でグレンも話に割って入った。

「何事です？」

「ああ、グレン様……！　いいところに……。……あ、少々お待ちくださいね」

コルサは訪問者の対応を別の者に任せ、エントランスから少し離れた場所に移動した。

「……本当に何事なんです？」

ただ事ではないことを察し、グレンは身を硬くした。

するとコルサは、とんでもないことを言い出した。

「それが……先ほどの方、ミーア様の使いの者らしいんです」

「……えっ⁉　ミーア様の⁉」

「ええ……。なんでもミーア様、『どうしてもオルティガ様に会いたい』と言って、屋敷の前まで来てしまったそうなんです」

「はあ……⁉」

「貴族のお屋敷を訪ねる時は、どんな相手であっても約束を取りつけるのがマナーなんですけどねぇ。こちらにも準備というものがありますし、いきなり来られても困りますよ」

と、嘆いているコルサ。

グレンも同様に、本気で天を仰ぎたくなった。

（嘘だろ……？「来てくれないならこちらから会いに行く」って書いてあったけど、あれ本気だったのか……？というか、原作にもこんな展開なかったんだけど……！）

まさかミーアの方から、ここまで直接的なことをしてくるとは思わなかった。

原作のミーアは基本的に王宮から出ることはなく、ロータス離宮に入り浸ってイケメンたちと懇ろにやっていたのに……なんだこの行動力は。

（俺が原作とは違う行動をとっているから、少しずつ本来のストーリーとは違う方向に進んでいるのか……？　それはそれで、ひとつの成果かもしれないが）

そうだとしても、今ここで二人を接触させるわけにはいかない。

嘆きたくなる気持ちをなんとか抑え、グレンはコルサに言った。

「とりあえず、オルティガ様に相談してきます。ミーア様を騙《かた》る悪戯《いたずら》の可能性もありますし」

「そうですね……よろしく頼みますよ」

グレンは、急いでオルティガの執務室を訪ねた。

オルティガはまだエントランスでの騒ぎに気づいておらず、机で何かの書類と睨めっこをしていた。

「グレン？　どうしたんだ、そんな血相変えて」

「ちょっと失礼」

念のため、オルティガの部屋の窓から外を眺めてみる。

すると、屋敷の正門に派手な装飾の馬車が停まっているのが見えた。ご丁寧に王家の紋章が描かれた旗を、馬車の脇に指している。

国王ジョセフでないのなら、あんな馬車を使うのは王妃ミーア以外にあり得ない。

「……っておい、あれミーア様か？　なんでここに来てるんだ？　訪問の予定なんてあったっけ？」

オルティガも一緒に窓の外を眺めて、やっと事態に気づいたようだった。

グレンはカーテンをサッと閉め、溜息混じりに言った。

「いや、約束なんてしていない。ミーア様がアポなしで訪ねてきたんだ。『いきなり来られても困る』ってコルサが追い返そうとしたのに、向こうも『このままじゃ帰れない』って言い張っているんだよ」

「ええ？　そうなのか？　ミーア様にも困ったものだな……。そんなに俺に会いたいなら、手紙で約束を取りつければいいものを」

「……そうだな」

もっとも、手紙で訪問の旨を予告されたところでグレンが握り潰していたと思うが。

(手紙を無視され続けたから、「直接訪ねた方が早い」って思ったんだろうな……。あるいは、誰かさんに入れ知恵されたか)

なんだか、どんどんこちらが追いつめられている気がしてならない……。

グレンがカーテンを握り締めていると、オルティガがガタンと椅子から立ち上がった。

「まあ来てしまったものは仕方ない。簡単にもてなして、今日のところはお帰りいただこう」

「……え？　まさか面会するつもりじゃないだろうな？」

「そうするしかないだろ。このまま追い返したら『不敬だ』って言われるかもしれないし」

「だが、アポなし訪問を許したら『マナー違反を許す貴族だ』って思われてしまうぞ。あなたの評判が下がってしまう」

「そんなこと言われても、他にどうしろっていうんだよ？　どっちに転んでも俺にとってマイナスにしかならないなら、さっさとお帰りいただいた方がいいじゃないか」

それはその通りだ。

ミーアに会っても会わなくても、オルティガの評判が下がるのは避けられない。

きっとマルクはそれも見越して、ミーアをそそのかしたのだろう。敵ながらあっぱれな姦計である。策に関しては、マルクの右に出る者はいないかもしれない。

グレンはゆるゆると首を横に振った。

「だとしても、ミーア様に会うのだけは断固反対だ。そもそもあなたは、ミーア様のこと苦手だっただろう？　下手に会ったらまたベタベタされるに決まってるぞ。上手く躱せないなら、会わないのが一番だ」

「そりゃそうだけどさ……。ここで会っておかなかったら、また連日のように訪ねてくるんじゃないか？　俺としてはそっちの方が迷惑だぞ」

「それは会った場合も同じだよ。今日は会えたから、じゃあ明日も明後日《あさって》も……ってどんどんエスカレートしていくとも限らない」

「……そこまでするか？　いくらミーア様でも、そんなに暇じゃないと思うが」

「いや、暇だろ……。あの人は王妃としての仕事なんて何もしてないんだから。ロータス離宮にお気に入りの臣下を連れ込むことしか考えてないよ。そういうタイプの人間に、少しでもその気のある素振りを見せちゃダメだ。断る時はビシッと断らないと」

「それはわかったけど、そもそも俺はお気に入りの臣下じゃないだろ。離宮の話なんて一度もされたことないんだし」

　この期に及んでもそんなことを言うオルティガに、グレンは違う意味で頭を抱えたくなった。

　アポなしですぐ目の前まで接近されているのに、それでもなお「俺はお気に入りじゃない」なんて言えてしまえる思考が信じられない。

「そんなわけないだろ……。ミーア様は明らかにオルティガに気があるぞ。会うたびにベタベタされてたのになんで気づかないんだよ」

「え？　だってミーア様は既に、たくさんのお気に入り臣下に囲まれているんだろ？　そんなところに今更俺を加える必要ないじゃないか」

「あのなぁ……『気に入る・気に入らない』は人数の問題じゃないだろう。オルティガ、なんかこう……そっち方面の感覚がいろいろズレてるぞ」

「ええっ？　俺、そんなにおかしいか？　自分では普通のつもりだったのに、また気づかず失言してたらどうしよう」

……大いに呆れてしまうのに、ちょっと笑いがこみ上げてくるのはなぜだろう。

グレンは大袈裟《おおげさ》に溜息をつき、ビシッと強い口調で言った。

「とにかく！　ミーア様と会うのはダメだ！　どんな噂が立つかわからないし、とんでもない濡れ衣を着せられたら大変なことになる。失礼でも、ここはお帰りいただこう」

「とんでもない濡れ衣ってなんだよ？　お前はなんの心配をしてるんだ？」

「それはほら、ミーア様と不倫したとかなんとか」

「不倫？　ないない、そんなのあり得ないって。男女がちょっと接触しただけで不倫になるなら、社交界なんて全部不倫になっちまうよ。だいたい、不倫の証拠があるわけでもないんだし、そこまで神経質にならなくても……」

「だから！　不倫の証拠を捏造《ねつぞう》する術《すべ》なんて、いくらでもあるんだってば！」

未だに危機意識の薄いオルティガに、グレンは縋《すが》りついた。

彼の腕を掴んで、必死の形相で訴える。

「頼むから、もう少し危機感を持ってくれ。ミーア様がアポなしでここを訪ねてきたこと

自体、由々しき出来事なんだ。絶対何か裏がある。ミーア様自身はポンコツでも、それを利用してやろうってヤツはたくさんいるんだ」

「グレン……」

「こういうのもなんだけど、あなたは身分も高くて美形だし、富も名声も持っている。貴族の中でも上位の存在だ。それを引きずり下ろそうとする人間なんていくらでもいる。だから、足を掬《すく》われそうな行動は極力避けるべきなんだよ」

「…………」

「わかってくれ。俺はあなたを失いたくない……」

最後の方は半分声が震えていた。

ミーアとの不倫をでっち上げられる未来を知っているからこそ、今ここで止めなければオルティガの破滅は避けられないと思った。

「……お前、本当に変わったよな。こんなふうに自分の意見を主張するのは初めてじゃないか？」

オルティガがこちらの手を握ってくる。

グレンが顔を上げたら、そこには純粋で優しいまなざしがあった。

「お前がそこまで言うんだ。ミーア様が訪ねてきたのは、きっとタダ事じゃないんだろう。

言われてみれば確かに、王妃様ともあろう者が約束もせずにうちまで来るのはおかしいもんな。何か裏があると思うのが当たり前だ」

「じゃあ……」

「わかったよ、ミーア様には会わない。少なくとも、うちの屋敷の中には入れない。これでいいか？」

そう答えてくれて、グレンは心底ホッとした。安心しすぎて、涙が出そうになったくらいだ。本当によかった……。

「しかし、会わずに追い返すにはどうすればいいんだ？」

少しだけカーテンをめくり、窓の外を確認するオルティガ。

「ミーア様の馬車、まだ正門に停まってるしさ……。ずっとあのままにしておくわけにもいかないだろ。領民だって何事かと思うし、第一宮殿にミーア様の姿がないってバレたら王宮の方でも騒ぎになりそうだぞ」

「……そうなんだよな。一番いいのは王宮に駆け込んで『ミーア様が暴走してる』って皆に知らしめることだけど……今から王宮に行くのは時間がかかりすぎる」

「だよな。……はあぁ、なんでこんなことになっちゃったんだ？　俺、別にミーア様に目をつけられるようなことをした覚えはないんだけどなぁ……」

それはそうだろう。オルティガはただ仕事として王宮に出向いていただけだ（むしろミーアを避けて歩いていた）。

評判を聞きつけたミーアに一方的に気に入られ、こうして迷惑をかけられているのだからなんとも理不尽な話である。

大いに嘆いていると、急にオルティガがカーテンを掴んで驚愕の声を上げた。

「え、ちょ……おい、何してるんだアレ？」

「は？　どうしたんだ？」

グレンも隣から窓の外を覗き見る。

そこには本当に驚愕の光景が広がっていた。

「な……なんだあれ!?」

十数名の兵士を引き連れたミーアが、馬車を降りて正門からこちらに行進してきていた。閉じられている正門を無理やりこじ開け、ずんずんと屋敷に向かって歩いてくる。オルティガが出てこないので、とうとう痺《しび》れを切らしたのか。

まるで敵陣に殴り込みにいくような光景だったので、さすがのグレンも自分の目が信じられなかった。

「はあ……っ!?　何してるんだミーア様は？　まさか兵士を使ってこちらに脅しをかける

気か？」

「おいおい、冗談だろ？　それじゃもろに武力行使じゃないか。いくら王妃様といえど、貴族相手に意味もなく兵士を差し向けるなんて絶対タブーだ。戦争になっちまう」

「そうだよ。だから余計に意味がわからないんだ。ミーア様の考えが……」

「と、とにかく下に行ってみよう。変なことをされたら他の連中に迷惑がかかる」

オルティガが慌てて部屋を出たので、グレンもそれに続いた。

一応エントランス前まで来てみたのだが、そこでは執事長・コルサが冷や汗をかきながらミーアを止めていた。

「お、お待ちくださいミーア様！　そのような武力行使は、たとえ王妃様といえど……」

「お黙りなさい！　わたくしの邪魔をするなら、誰であろうと容赦はしません！」

比較的小柄な美少女が、ビシッと手を前にして命令する。

「さあ兵士たちよ、突撃なさい！　オルティガ様をお助けするのです！」

「うわあっ！」

なだれ込んできた兵士たちに突き飛ばされ、コルサが派手に転倒した。腰を強めに打ってしまったらしく、転んだまま床から立ち上がれないでいる。

「コルサ！　大丈夫か⁉」

「……あら？　あなたはオルティガ様！　無事だったのですね」

コルサを助け起こしたオルティガを見た途端、ミーアが顔を輝かせた。

ピンク色の長い髪をなびかせ、オルティガに飛びつこうとしてくる。

「それ以上近づくのはご遠慮ください」

グレンは急いで二人の間に割って入り、ミーアとの接触を妨害した。

案の定、ミーアは不快そうに眉根を寄せ、ムッと唇を尖《とが》らせた。

「あら、あなたはどちら様ですの？　わたくしはオルティガ様に会いに来たんです。邪魔しないでくださいませ」

「いえ、そうはいきません。王妃様であっても、面会のルールは守っていただかなくては」

「まあっ……！　使用人風情が偉そうに！　わたくしのやりたいようにやって、何が悪いのですか」

子供っぽく激昂《げっこう》しかけるミーア。

ダン、と足を踏み鳴らし、今度はこちらをビシッと指差してきた。

「命令です！　兵士たちよ、そこの邪魔者を排除なさい！」

「もうやめてくれ！」

たまらず、オルティガが声を荒らげた。

滅多に他者を恫喝《どうかつ》しない彼が、珍しく怒りを露《あら》わにしていた。

オルティガは一歩前に出て、ミーアと正面から向き合った。

（オルティガ……）

グレンは彼の腕を掴んだ。接触もそうだが、勢いに任せて怒鳴り散らしたりしないか心配だったのだ。

怒りたくなる気持ちはわかるが、言葉を間違えたらこちらの致命傷になりかねない。

「……わかってる、ちゃんと抑えるよ」

グレンの心配が通じたのか、オルティガは小声で微笑んでくれた。

そして今度こそ笑みを消し、いつもより低いトーンでミーアを問い詰めた。

「……ミーア様、これは一体どういうことですか」

「どうって、オルティガ様を助けに参りましたの」

「ですから、それがどういうことかとお尋ねしているんです。私は助けてくれなんて一言も申し上げておりませんが」

婉曲な非難を浴びせたはずなのに、ミーアにはほとんど効いていなかった。

自分に非などないとでもいうかのように、しれっとこう答えてくる。

「だって、オルティガ様ったら一向に出てきてくださらないんですもの。わたくしが直々に訪問しているのに、一切顔を見せないのはおかしいでしょう？　ですから、お屋敷のどこかに囚《とら》われて出てこられないんだと思ったんです」

「は……」

「でもその様子だと、囚われていたわけではなさそうですね。もう……それならそうと早く出てきてくだされればいいのに。そしたらわたくしも、こんな騒ぎは起こしませんでしたよ」

「………」

「ホント、オルティガ様はつれないんだから。お手紙を送っても全然お返事くれないし、王宮でも行き違いになってばかりだし。このままじゃいつまで経ってもじっくりお話できないので、わたくし、思い切って会いに来ちゃいました」

ふふっ、と可愛らしく笑いかけてくるミーア。

が、その笑みに絆《ほだ》される者は誰もいなかった。全員呆れて彼女に視線を注ぐばかりで、命令されていた兵士たちですら唖然《あぜん》とした顔をしている。

（これは……なんというか、考えようによってはマルクより厄介な相手かも……）

この一幕だけで、王妃ミーアの人となりが読み取れる。

原作では「脳内お花畑のお人形王妃」として描かれていたが、ここにいるミーアはそれより遥《はる》かに悪質だ。

彼女は、自分の行動が周りにどんな影響を及ぼすかなんて考えない。上流階級者のルールやマナーも知ったこっちゃなく、自分が「こうしたい」と思ったら欲望のまま突き進んでしまうタイプだ。

勝手な思い込みで行動してしまうから、オルティガが顔を出さなかっただけで兵を差し向けてしまうし、それが勘違いだったとわかっても「顔を見せなかったお前が悪い」と責任転嫁してしまうのである。

マルクが上手く焚《た》きつけているのもあるだろうけど、それにしたってあまりにタチが悪すぎるのではないか。

「……王妃様のお話は理解しました」

オルティガは眉を顰《ひそ》めたまま、ミーアを真っ直ぐ見た。

「が……無断でうちの屋敷に侵入したことは、やはり見過ごせません。門を破壊しただけならまだしも、私の大事な家族にまで手を出そうとしましたよね？　これに関しては、きっちり謝罪していただきます」

「え？　わたくし、オルティガ様の家族に手なんて出していませんけど」

「出したでしょう！　現にコルサは腰を打ったし、グレンのことも排除しようとした。俺の目の前で兵士に命令を下したことを、忘れたとは言わせません。彼らを傷つけることは、俺に刃《やいば》を向けることと同じだ。たとえ相手が誰であっても、それだけは絶対に許さない！」

オルティガがだんだんヒートアップしてきたので、グレンは後ろから彼の背に手を当てた。落ち着け、という意味を込めて軽く摩《さす》ってやる。

ただ、それはそれとしてオルティガが怒ってくれたのは純粋に嬉しかった。

グレンが傷つかなくて済むように、立派な領主になってみせる。そう約束したかつての言葉に、嘘偽りはなかったのだ。家族や領民を守るのは領主の務めだと、オルティガは態度で示してみせたのだ。

こんな状況だが、密《ひそ》かに惚《ほ》れ直してしまう。

「うう……オルティガ様、ひどい。そんな頭ごなしに怒らなくても」

だがミーアは、大袈裟に涙を浮かべながら言い訳を繰り返した。

「家族を大事にするのはいいことですけど、普通、側近や使用人を家族扱いしているなんて思わないじゃないですか。わたくしの邪魔をしてきたから、どこかへ行って欲しかっただけですのに……どうしてそこまで怒られなければいけないんです？」

「ですから……」

「だいたい、代わりの側近や使用人なんていくらでもいるでしょう。ちょっと怪我をするくらいどうってことないはずですわ。仮に使いものにならなくなったら、新しい人を雇ってしまえばいいんですし。その程度のことなんですから、いちいち怒らないでください」

「はあ……!?」

「そもそもわたくし、オルティガ様を助けたくてここまで来たんですよ？　結果的に囚われていたわけではありませんでしたが、それもこれもオルティガ様を想っての行いです。それなのに、こちらの気持ちを無下にされた挙句、刃を向けたとまで言われるなんて……。そんなのあまりにひどすぎます……うっ、うっ」

「………」

わざとらしく、めそめそと泣き始める。

これにはオルティガも勢いを削《そ》がれたようで、引き攣《つ》った顔でこちらに視線を送ってきた。どうすりゃいいんだよこの女、と目で訴えていた。

(どうもこうも……こんな地雷女、俺だってどうすりゃいいかわからないよ……)

原作より悪質だなと思ってはいたけれど、悪質どころの話じゃない。

そもそも話が通じないので、まともなコミュニケーションは不可能だ。

オルティガの怒りも伝わっていないみたいだし、これ以上話していたらこちらのメンタルがやられてしまう。

グレンはオルティガの耳元で、早口にアドバイスした。

「……これ以上時間をかけない方がいい。本題を聞き出して、さっさとお帰りいただこう」

「あ、ああ……そうだな……」

オルティガは軽く咳払《せきばら》いし、話を元に戻した。

「それで、今日はなんのご用なんですか？」

「え？　ああ……そうでしたわね。邪魔者のせいで、本題を忘れるところでしたわ」

自分で涙を拭《ぬぐ》い、ケロっとして無邪気な笑みを見せてくる。

「詳しいお話をしたいので、一緒にお茶でもいかがですか？　二人きりでゆっくり語らいましょう」

「……いえ。どんな女性であろうと、二人きりで語らうことは自分に禁じております。長くお話するつもりもありませんので、手短にお願いします」

「あら……本当にオルティガ様はつれないですわね。他の女性にもそのような対応をしていらっしゃるのですか？」

「ええ。将来を約束した相手以外にそんな思わせぶりな態度をとっても、誤解を与えかねませんので。不義理なことをするのも忍びないですし、そういった付き合いは全てお断りしているんです」

　ハッキリ断ったにもかかわらず、ミーアは全く気に留めていないようだった。

「そうですか。でもわたくしにはそのような気遣い、無用ですわ。陛下はわたくしのやることに文句は言いませんし、『なんでも好きなことをやっていいよ』と仰ってくださいます。男性と二人きりになっても問題はありませんわ」

「……いえ、陛下はミーア様の振る舞いを心配していらっしゃいました。若い臣下に声をかけまくるのは、たとえ陛下でもあまりいい顔をなさらないかと」

「そんなことありません。そんなに心配なら、わたくしに直接言いに来るはずです」

「ですから……」

「オルティガ様が何を躊躇《ためら》っているのか知りませんが、やりたいことがあるなら我慢せずにやった方がいいですよ？　後のことは周りの人がなんとかしてくれますもの」

「……。要件はなんですか？」

　このままでは埒が明かないと判断したのか、オルティガはミーアと会話するのをやめた。話が長引けば長引くほどこちらに不都合が生じるので、賢明な判断だ。

「もう……オルティガ様ったら、本当につれない」

塩対応されても全くめげず、ミーアは笑顔でこう続けた。

「では単刀直入に申し上げます。わたくしのロータス離宮に来てくださいませ」

「……お断りします。私には領地運営という仕事がありますので、ここを離れるわけにはいかないんです」

「え？　でも他の貴族は皆王宮で働いていますよ？　自分の領地にいなくても、仕事はできるでしょう？」

「できません。領地運営は領主の義務です。毎日領地から上がってくる報告を受け、税金の投入先や犯罪への対応を適切に考えなければならないのです。領地を離れて仕事するのは不可能です」

「そんな雑用、そこの側近さんに任せておけばいいではないですか。貴族の仕事っていうのは、王宮でするものでしょう？　自分の領地に引きこもっていては、まともな仕事なんてできませんよ？」

「…………」

オルティガのこめかみが、ぴくぴく痙攣《けいれん》しているのが見えた。

グレンはヒヤヒヤしながらも、力を込めてオルティガの腕を摑んだ。抑えろ、抑えろ。

「……領地運営は、私にとって大切な仕事です。誰かに丸投げするものではありませんし、ましてや雑用などでもありません。仕事についての知識がないなら、あれこれ口出しするのはやめていただきたい。不愉快です」

一生懸命怒りを抑え、オルティガは低い声で言った。

摑んだ腕から、彼が怒りに燃えているのが伝わってきた。

「今日はもうお引き取りください。私はロータス離宮には行きませんし、あなたに従うつもりもありません。これ以上居座るようなら、今度定期報告で王宮に上がった際、陛下に詳細を報告させていただきます」

「まあ……わたくしを脅すつもりですか？　オルティガ様、ひどい……」

「脅しではありません。後ろ暗いことをしていないなら、陛下に何を報告されても問題ないはずです」

「それは……」

「お引き取りください。話は終わりました」

ピシャリとオルティガが言ってのけた。

基本的にオルティガは、年下の女性に対してこのような厳しい物言いをする人ではない。

……が、今回は相当腹に据えかねていたようだ。

側にいたグレンも当たり前に腹が立ったから、彼の気持ちはよくわかる。

「もう、仕方がありませんわね。オルティガ様ったら、本当につれないんだから……」

少し不満そうに唇を尖らせたものの、ミーアはパッと顔を上げて笑顔を向けてきた。

「では、今日のところはこれで失礼します。また定期報告で王宮に来ますよね？　その時にお会いしましょう」

「………」

「それではオルティガ様、ごきげんよう」

スカートをつまんで優雅にお辞儀し、ミーアはくるりと踵を返した。

その後から、ホッとしたように兵士たちがついて行った。彼らも終始ミーアに振り回されまくっていて少し気の毒だった。

ミーアが馬車に乗り込み、その馬車が正門から消えたのを確認し、オルティガは扉を閉めるよう命じた。正門から屋敷の扉、裏口や窓に至るまで、全てきっちり閉めさせる。正門に関しては留め金をミーアに壊されてしまったので、鍵《かぎ》をかけることができなかった。

「あああ、もう！」

自室に戻ったところで、オルティガがガン、と壁を殴りつける。それでもなお怒りが収まらないのか、続けざまにソファーにあったクッションをドスドス殴っていた。

「なんだアレは！　元々苦手だったけど、まさかあそこまで非常識な人だったなんて思わなかった！　発言といい振る舞いといい、いくらなんでもあり得なさすぎるだろ！」

「……気持ちはわかるよ。よく我慢したな」

「ありがとう……。しかし、本当になんだったんだ？　王宮で遭遇した時の方が遥かにマシに思えたんだが。王妃様を騙る別人なんじゃないのか？」

「王宮では他の人の目もあるから、ある程度はおとなしく振る舞っていたのかもな……。こんなことなら、王宮で会ってやった方がよかったかもしれない」

「いや、本当にそう思うよ……。あーもう、思い返すだけでも腹が立つ！　グレン、ハーブティーを淹れてきてくれ。休憩しよう！」

言われた通り、焼き菓子と一緒に温かいハーブティーを淹れて持っていってやった。

オルティガは深い溜息をついた後、ソファーに深く腰かけた。そして自らカップにお茶を注ぎ、まずは一杯ぐいっと飲み干した。

そんな彼を眺めつつ、グレンも向かい側に座った。

お互い、しばらくは無言でお茶や焼き菓子を食べていたのだが、やがて少し気分が落ち着いてきたのかオルティガがティーカップを置いた。

そして視線を落とし、小さな声で尋ねてきた。

「なあ……俺、ちゃんと領主やれてるかな。さっきの対応、間違ってなかったかな」

「えっ……？」

「時々不安になるんだ。俺はちゃんと領主としての役目を果たせているんだろうかって。さっきのミーア様に対してもさ、素直に従っておいた方がよかったのかなって思わんでもなかったんだ」

「いや、それは……」

「あ、もちろん嫌なんだぞ？　ロータス離宮に行く気はさらさらないし、あんな人に囲われるのも御免だ。でもミーア様のことだから、自分の欲求が通るまで無茶なことをし続けるような気がして……。俺が断り続けている限り、被害を受けるのはうちの家族や領民なんじゃないかって。そう思ったら、だんだん自分の行動に自信がなくなってきてな……」

「………」

「領主の役目は、自分の家族や領民を守ることだ。俺の行動によって、周りの者が危険に晒されるようなことがあってはならない。今後、またミーア様から迷惑をかけられるようなことがあれば、いっそ仕事はお前に任せてロータス離宮に行くのもやぶさかではないと思ってるん……」

「オルティガ」

彼の言葉を遮り、グレンはティーカップを置いた。

真っ直ぐにオルティガを見つめながら、諭すように言った。

「あなたは立派な領主だよ。コルサが怪我をした時や俺に兵が向けられそうになった時、きちんと反論して怒ってくれた。あの時のあなたはとても頼もしかったし、こちらを守ろうとする気概も感じた。それだけで俺は、すごく嬉しかったよ」

「グレン……」

「それにあなたは、相手が誰であれ『ダメなものはダメだ』とちゃんと断ることができる。王族に媚《こ》びへつらう貴族も多い中、自分の『正義』をしっかり持っている。それはとても大事なことだ。あなたは何も間違っていない。俺たちのために、わざわざ自分から犠牲になりに行く必要もないよ。あなたはグロスタール侯爵家の当主なんだから、これからもここにいていいんだ」

「…………」

「というか、オルティガがやっている仕事を俺が全部やれるわけないだろ。カバーはできるが、最終的な書類にサイン入れるのは領主の役目だ。決算も判決も、公文書の作成も、最後はオルティガにチェックしてもらわなければならない。俺に丸投げされても困るよ」

「そ、そうだよな……」

「ああ。だから、ロータス離宮に行こうだなんて考えなくていい。そんなことしたら領地の運営が滞るし、回り回ってうちが火の車になってしまう。ミーア様の誘いなんて、断り続けていいからな」

そう言い切ってやったら、オルティガはさも安心したように息を吐いた。

こちらを見つめ、少し眉尻を下げて微笑んでくる。

「……ありがとう、グレン。ちょっと元気が出た。やっぱりお前が側にいてくれると、安心感が違うな」

「そんなたいしたことはしてないけどな。……とにかく、次に王宮に行く時はあまりブラブラせず用事だけ済ませて帰ろう」

「もちろんだよ……。もう二度とミーア様には会いたくない」

「それもあるし、余計なトラブルを招かないためにもな。さっきも言ったが、あなたを引きずり下ろそうと考えている人なんていくらでもいるんだ。注意できるところは注意しないと」

「注意かぁ……。今のところ、ミーア様以外の要注意人物は思いつかないけどなぁ」

「……そりゃ、普通はあそこまでヤバい言動はとらないからな」

本当の策士ほど、表面上は穏やかで人当たりがよさそうに見せているものだ。でも裏ではとんでもないことを企んでいる。マルクがいい例だろう。

「マルクの動向にも、注意しておいてくれよな。何かあったらすぐ俺に教えてくれ」

忠告したつもりだったのだが、オルティガはやや嫌そうに眉を顰めた。

「……そこでマルクが出てくるのか？　今マルクは関係ないだろ」

「いや、関係あるって。マルクは寒門出身者だから、あなたみたいな名門貴族にコンプレックスを抱いているんだ。油断すべきじゃない」

「そうかぁ？　寒門出身者なら他にもいっぱいいるだろ。マルクだけ注意しろっていうのもおかしな話だな」

「だからそれは……」

反論しようとしたのだが、これ以上は転生絡みの話になる。

上手く説明できず、仕方なくグレンはこう言った。

「とにかく、ああいう外面のいい寒門出身者は要注意だよ。俺の知らないところで何かあっても困るから、接触することがあったらちゃんと教えてくれ」

「はいはい、わかったよ。教えりゃいいんだろ、教えりゃ」

どこか投げやりに答えてくるオルティガ。心なしか、面白くなさそうな顔をしていた。

（まあ、オルティガにとってマルクはまだ友人だからな。それを疑われているとなったら、

あまり面白くはないか）

それでも、こればかりはグレンも譲るわけにはいかない。

たとえオルティガに疎まれても、マルクの動向だけはきちんと把握しておかなくては。

グレンは再びハーブティーを口にした。爽やかな風味が、乱れた心を落ち着かせてくれた。

◆　◆　◆

王妃ミーアが第一宮殿に戻ってきたのは、その日の夕方近くになってからだった。

「ミーア様、どこに行っていらしたのですか⁉　お忍びの行動はお控えくださいと、何度も申し上げているでしょう！」

帰るなり、老年の侍女頭からのお説教を食らっている。

けれどミーアは我関せずといった顔で、侍女頭のお説教を聞き流していた。

「忍ばずに堂々と行ってきたんだから、問題ないじゃないですか。いちいちうるさいこと言わないでください。そんなことより、お茶が飲みたいですわ。ずっと馬車に乗っていたら疲れちゃいました」

「お待ちください、まだお話は終わっていませんよ！　だいたい、忍ばずに行けばいいとかそういう問題ではございません。あなたは王妃様という御身分なのです。勝手に出歩かれて、何かあったらどうするのですか？　いい加減もう少し自覚を持ってください！」

「何もなかったんだからいいでしょう！　そんなことより、お茶を持ってこいって言ってるんです！　こっちは疲れてるんだから、早くしてください！」

なんとも嚙《か》み合わないやり取りが、第一宮殿で繰り広げられていた。

二人ともかなりの大声だったので、内容が中庭まで筒抜けだった。

（へぇ……やっぱりミーア、オルティガに会いに行っちゃったんだ？　こんな簡単に乗ってくれるとか、チョロすぎて笑えてくるね）

中庭を散策していたマルクは、心の中でニヤリとほくそ笑んだ。

ミーアがオルティガに一方的な好意を寄せていることは、もちろん知っている。

原作小説にも描写されていたし、ミーアの振る舞いを見ていれば一目瞭然だ。

だからマルクは、ミーアの気持ちを存分に利用することにした。言葉巧みにオルティガに手紙を書くよう促し、直接会いに行くようそそのかした。

もちろんストレートにそそのかしたわけではなく、彼女が自発的に動くよう誘導したのだが。

「ねえマルク。わたくしへの贈り物の中に、こんな綺麗《きれい》なレターセットがありましたの。これ、とっても素敵なデザインじゃありません？」

ロータス離宮で雑用まがいのことをしていたら、ミーアが声をかけてきた。

一応マルクも見栄えはいいので、離宮の出入りは自由にできる。ポンコツ女の「イケメンコレクション」として扱われるのはシャクだが、それ以上にメリットが大きいので素直に囲われることにしたのだ。

マルクは愛想よく微笑んだ。

「ああ、それは素敵ですね。そこに王妃様の気持ちを綴れば、送られた方も喜ぶに違いありません」

「ですよね！　わたくし、早速手紙を書いてきます」

「王妃様に手紙を書いてもらえるなんて、その人は幸せ者ですね。一体どんな方なんでしょうか」

「もう、そんなの決まっているじゃないですか。マルクもよく知るお友達ですよ」

少し照れたように頰を染めているミーア。

聞くまでもなくオルティガのことだとわかっていたが、マルクはあえてわからないフリをし続けた。

「是非ともその幸運な人に会ってみたいですね。『相談事がある』とでも書いておけば、そのお相手も王宮に足を運んでくれるかもしれません」

「なるほど、それはいいですね！　ではそのように書いてみますわ」

そう言ってミーアは、まんまとオルティガに手紙を書いたのだった。レターセットを用意したのがマルクであることも知らずに。

（その後、「全然返事が来ない！」って怒り狂ってたのは面白かったけどね。きっとグレンが止めたんだろうなぁ）

オルティガだけなら馬鹿正直に返事をしていたはずだから、グレンが上手いこと処理したに違いない。

ちなみに、メゾン公爵の報告書に紛れて催促の手紙を混入させたのは自分だ。大臣の筆跡とサインを真似て、「王妃様からの手紙の返事をするよう」促してやった。が、それもグレンが上手く躱したらしい。

（まあ、手紙だけでどうにかできるとは思ってないけどね。上手くいかなかったのなら、別の手を考えるまでだ）

彼らを追いつめる方法なんていくらでもある。

オルティガ・グロスタールが姦通罪で逮捕・処刑されるのは絶対なのだ。罠を回避し続けなければならない彼らと違って、こちらは最終的にそのゴールに辿《たど》り着ければいい。道筋は無限にある。

（さてと……まずはミーア様のご機嫌を窺《うかが》うとしようかな）

マルクは何食わぬ顔で第一宮殿を通り、ロータス離宮に向かった。

規模は小さめだが煌《きら》びやかで、どことなく甘い香りが漂ってくる離宮。ミーアの趣味全開で作られた建物らしく、壁や柱にはピンク色が多く使われていた。まったく、脳内お花畑の王妃様らしい離宮である。

わざとミーアとすれ違うように廊下を歩いていたら、案の定ミーアはこれ幸いと声をかけてきた。

「あ、マルク。ちょうどよかったですわ。相談したいことがありますの」

「は。自分でよろしければ、なんなりと」

「とりあえず、ちょっと来てくださいます？」

ミーアが廊下を歩いていくので、マルクも後ろからついて行った。

マルクがついてきているのを確認すると、彼女は満足げに口角を上げた。

（自分で集めたイケメンを、後ろに従えて歩くのが好きなのかねぇ……？　何が面白いのか、僕には理解不能だけど）

まあこのロータス離宮は、ミーア専用ホストクラブみたいなものだ。

何をするにも彼女を「よいしょ」していい気分にさせておけば、意外と快適に過ごせる。上手くすればミーアは上機嫌のまま大抵のことはやってくれるし、こちらの要求も通りやすくなるのだ。それこそ「〇〇が食べたい」などの小さな願望から「〇〇大臣に口利きして欲しい」などの出世に繫がる根回しもできる。こちらにとっては、実に都合のいい環境であった。

万が一問題が発生したとしても、責任は全てミーアが負うので策謀も企み放題だし。

（さて、次はどうしてやろうか）

ミーアが入っていったのは、あまり人が寄りつかない談話室だった。

ミーアはそこにお茶を持ってこさせ、ふかふかのソファーにドカッと腰を据えた。そしてやや不満そうに唇を尖らせた。

「以前、マルクが『やりたいようにやるのが一番です』って言ってくれたでしょう？　だからわたくし、オルティガ様に会いに行ったんです。そうしたらなぜかオルティガ様、すごく怒っていらっしゃって。ロータス離宮に来て欲しいってお話も、すげなく断られてしまいましたの。これ以上お話できる雰囲気ではなかったので今日はお暇《いとま》しましたけど、お茶も出してくれずに立ち話だけなんて、わたくし悲しくて……」

「そうでしたか。それは不運でしたね」

「もともとオルティガ様はつれない方でしたけど、こんな素っ気なくされたのは初めてです。わざわざお屋敷まで行ったのですから、少しくらいもてなしてくださってもいいのに」

「ええ、そうですね」

そう話を合わせたものの、心の中では抱腹絶倒だった。

いやいや、アポなしで面会してくれただけでもありがたいだろう、馬鹿め。

「それでね、マルク。どうしたらオルティガ様がロータス離宮に来てくれるか、作戦を考えて欲しいんです。直接お誘いしてもダメだったので、もう少しやり方を変える必要があるかなと思いまして」

「なるほど、そういうことですか」

マルクはわざと考える素振りを見せ、顎《あご》に手を当てた。

「うーん……王妃様のお誘い、我々貴族としては渡りに船なんですけどね。それを断るということは、邪魔をしている誰かがいるのでしょう」

「邪魔をしている誰か……ですか？」

「ええ。オルティガの側に、ロータス離宮の話を聞いている誰かはいませんでしたか？」

「ああ、いましたわ。側近の男性と、執事長とかいう老人が。もしかして、その人たちがオルティガ様の邪魔をしているのですか？」

「執事長はどうか知りませんが、側近の男性はそうでしょうね。彼はオルティガにいろんなことを吹き込んでいます。王妃様のよくない噂も、あることないこと喋っているに違いありません」

「まあ……！　本当ですか？」

「ええ。王妃様のお手紙、オルティガのところに届いたのに返事がなかったでしょう？　あれもきっと側近が止めていたんですよ。屋敷に行ったのにすぐ追い返されてしまったのも、側近の入れ知恵のせいですね」

「んまあ……。側近の分際でなんて無礼な！　つまりオルティガ様は、あの側近に騙されているのですね？　そうと知っていれば、あの場で始末して差し上げたのに！」

案の定、ミーアはこちらの讒言をあっさりと信じた。

実際一〇〇パーセント嘘というわけではなく、グレンによってオルティガの言動が変化しているのは確かである。彼さえいなければ、オルティガはもっとあっさり罠にかかってくれていたはずだ。

そういう意味では、マルクにとっても邪魔者といえる。

「じゃあ、その側近をどうにかする方法はないのですか？　このままではオルティガ様は、側近に騙されたままになってしまいます」

「はあ。どうにか……とは？」

「それはほら、二人を引き離す方法です。なんなら側近は殺してしまっても構いません」

「………」

「マルクは頭がいいでしょう？　何かいい方法はないのですか？」

言われて、マルクの脳裏に邪悪な考えがよぎった。

もちろん表情は変えなかったものの、ミーアの要望のおかげで別方向のアイデアが閃《ひらめ》いた。

（そうか……先にグレンの方を消してしまうのもアリなんだ。どうせグレンは原作ではモブ扱いで、どこで死んだとしても物語の大筋にはほとんど影響ないもんね）

一応原作では、オルティガが処刑された後ひっそりと物語から退場することになっている。その後のグレンの動向は描かれていなかったが、グロスタール家が断絶した以上、彼の人生も終わったとみなしていいだろう。

そのように「死」の描写すらされないモブキャラだから、どう扱っても問題ないと言える。むしろグレンがいなくなった方が邪魔もされなくなり、オルティガの処刑まですんなり進むのではないだろうか。

　イレギュラーな動きばかりしてくるモブキャラは、そろそろこの辺りで退場していただこう。

　マルクは穏やかに微笑んで、こう答えた。

「誰かを暗殺する時は、どうしても痕跡《こんせき》が残ってしまいます。あからさまなことをするとこちらが疑われてしまうので、そこは慎重に行動しなければなりません」

「う……では、どうしろと？」

「古来より疑いの目を逸らすには、事故死に見せかけるか誰かに罪を着せるのが定石です。どちらもそれなりに準備が必要ですが、最も手っ取り早く実行できる方法をひとつ思いつきました」

「まあ、さすがマルクですわ。それで、一体どうすればいいんです？」

　身を乗り出してくるミーアに、マルクはあくまで穏やかに答えた。

「例えばですが、贈り物に毒を混入させるとか。グロスタール侯爵家には他貴族からの贈り物が届くことがありますから、そのうちのどれかにこっそり細工をすればいいのではないでしょうか」

「なるほど……。ですが毒入りの贈り物って、途中で気づかれませんか？」

「意外と気づかないものですよ。仮に毒を混入させたことがバレても、その贈り物をした相手が犯人だと思われますし。そうでなくても、実際にどこで誰が毒を入れたかまではわかりませんので。こちらが疑われることはありません」

「なるほど……！　確かにそうですわね。すごいですわ、マルク」

いとも簡単に納得してくれるミーア。

ここまでアイデアを与えてしまえば、マルクがやるべきことは終了だ。ミーアが動くのを見ていればいい。

(とはいえ、元々脳みそ空っぽだからボロを出しやすいのは欠点かな。勝手に動いてくれるのはありがたいけど、尻尾《しっぽ》を掴まれないようにしないとね)

ミーアには漏れていい情報しか与えていないが、万が一変なことを喋られたら困る。

ピンチになっても逃げられるよう、保険はかけておかなくては。

満足げに笑ったミーアに、マルクは一枚の書類を差し出した。

「ところでミーア様、こちらの書類にサインをいただけませんか？」

「なんですか、これは？」

「ちょっとしたおねだりです。ほとんど使い道はありませんが、自分にとっては御守りみたいなものでして」

「そうなのですね。ここにサインすればいいのですか？」

「ええ、そうです」

「わかりましたわ」

ろくに文面も読まず、言われた通りサインしてくれるミーア。やはり上機嫌になっている状態だと操るのはチョロい。

ミーアがサインしてくれたのを確認し、マルクは書類をくるくると丸めて懐にしまった。

「それではミーア様、自分はこれで」

「ええ、相談に乗ってくれてありがとうございます。助かりましたわ」

談話室を出て、なるべく人目につかないよう急いで自室に戻る。

（さて、と……）

サインをもらった書類を開き、改めて読み返してみた。

そこには「我が名において、これを持つ者の罪を全て赦《ゆる》す」と書かれていた。いわゆる「赦免状」だ。

もちろん文面そのものは、本物の赦免状を参考にマルクが真似て作ったものである。が、そこに王妃のサインが入ってしまえば、途端に本物に変化するのだ。

これで万が一、策謀が明るみに出たとしても自分はダメージを受けない。むしろ、内容をよく読まずに勝手にサインした王妃ミーアが咎《とが》められることになるだろう。

保険は常に用意しておく。これが策謀でのし上がる時の鉄則だ。

「ふ……ははは！」

マルクは薄暗い部屋で一人笑った。

登場人物の生殺与奪は、全て僕の手の中にある。

きみはもう終わりだよ……グレン。

5

それから一週間ほどが経過した。

大きなトラブルは特になく、しばらくは平和な日常が続いた。

「今日はいい天気だな。なあグレン、久しぶりに遠乗りにでも行かないか？」

「いいよ、仕事終わったらな」

「お、おう……そうだよな。あともう少し、頑張らないと」

あと三日で国王ジョセフへの定期報告の日が来てしまう。

それまでに報告書を完成させないと、ジョセフに突っ込まれた時に答えられない。

だがこうして一緒に書類を作成したり、オルティガの身の回りの世話をするのはグレンにとっては素朴で幸せな時間だった。

(俺はただ、こんなふうに日々を過ごせるだけでいいんだけどな……)

余計なトラブルに見舞われず、仕事に追われながら当たり前の日常を送る。

オルティガも健康で、自分も元気で、たまに二人で出かけたり酒を飲んだり……それだけで十分だ。

でも貴族社会で生きていくからには、そういうわけにもいかないのだとも思う。

(マルクのことを気にかける生活も、そろそろ終わりにしたいんだが……)

目的を果たすまで、マルクは延々とこちらに罠《わな》を仕掛けてくるはずだ。

原作準拠の立場を取り続ける以上、オルティガを処刑するまで彼は止まらない。

では自分は、一体いつまで注意していなければならないのだろうか。

マルクがいなくなるまで？　でも、マルクがいなくなることなんてあり得るのか？

彼は名門コンプレックスが強く、向上心もある。身の振り方も上手いので、一度失脚したくらいで諦《あきら》めるとは思えない。

だとすると、マルクとの対決は永遠に終わらない。それこそオルティガが年老いて死ぬまで、ずっと同じことの繰り返しになる。

一体、この物語の終わりはどこにあるのだろう。自分たちの安寧はどこにあるのだろう。

「どうした、グレン？」

「……ハッ!?」

急にオルティガに話しかけられ、グレンは我に返った。

慌てて顔を上げたら、こちらを見ているオルティガと目が合った。

「さっきから手が止まっているけど、何か書類に問題でもあったか？　それとも疲れているとか？」

「ああいや、なんでもない。ちょっと考え事をしていただけだ」

「考え事？　何か悩みでもあるなら聞くぞ？」

「あー……その、マルクのことで少し……」

そう言ったら、オルティガは微妙な顔をしてこちらを見てきた。

片眉《かたまゆ》を上げ、机に頬杖《ほおづえ》をついてペンを回してくる。

「……またマルク？　お前、そんなにマルクのこと好きなのか？」

「えっ？　あ、いや、そうじゃなくて……」

「いや、別に否定しなくていいけどな。お前が誰《だれ》を好きになろうと、お前の自由だし……。

でもマルクかぁ……そうかぁ……」

何か複雑な顔をしているオルティガ。

（いやいや、なんでそんな勘違いしてるんだよ……）

マルクの動向をやたらと知りたがったから、「気になる」の意味を恋愛方向のものだと誤解してしまったのか。

普通に考えればあり得ないとわかるはずなのに、どうしてよりにもよって、そんな的外れな誤解をしてしまうのだろう。ホントにこの人は、肝心なところで人の気持ちを汲《く》むのが下手くそで困る。

「……なんか集中力途切れた。休憩してくるわ」

「え!?」

誤解したまま、ガタンと席を立ってしまうオルティガ。

このまま誤解されるのは大いにマズいので、グレンは慌ててその後を追った。

「いや、本当に違うんだって！　マルクのことはなんとも思ってないんだって！」

「ああ、その話はもういいわ。そっち方面の話には口出ししないから、お前はお前で好きにやってくれ」

「だから……」

「いや、ホントに。家族の幸せを願うのが主人の務めだし……仕事に穴を開けたりしなければ、自由にしてくれて構わない。ただ……」

「……？」

「……できればそういうのは、俺が見ていないところでやってくれよな」

ふと目を逸《そ》らし、そんなことを言ってくる。

オルティガらしからぬ反応に、グレンも少し戸惑った。

（……なんだこの反応？　ただ誤解してるだけじゃないのか？）

彼の性格上、人の恋路を知ったら（誤解だけど）むしろ応援しそうなものだが。「よし、俺が仲を取り持ってやるよ」くらいのことは言いそうなものなのに、なぜこんな面白くなさそうなことを言ってくるのだろう。

オルティガの真意が読めず、反応に困っていると、

「オルティガ様、本日はこのようなお荷物が届いております」

執事長・コルサが、届いた荷物を台車に乗せて運んできた。

領民からの野菜のお裾分《すそわ》けや、商人からの織物、他貴族から届いた贈り物もある。

「お、これは蜂蜜《はちみつ》か？　かなり珍しいヤツだな。誰からだ？」

「ヘンデル辺境伯です。以前、陣中見舞いの酒を送ったので、それのお返しなのでしょう」

「そうか。なんにせよ、ありがたいな」

蜂蜜は、パレス王国では貴重品だ。

王国のごく一部の地域でしか採れず、ほとんど市場にも出回らない。口にできるのも限られた上級貴族のみなので、貴族間の贈り物としては大変ありがたがられる品物だった。

「せっかくだから、焼き菓子と一緒に食べようぜ。グレン、紅茶を淹《い》れてきてくれ」

覚えた。

だが瓶の蓋を捻《ひね》った時、少し力を加えただけであっさり開いてしまって、若干違和感を
いつも通りの手順で丁寧に紅茶を淹れ、焼き菓子を皿に並べて蜂蜜の蓋《ふた》を開けた。

言われた通り、厨房《ちゅうぼう》で紅茶の準備をする。

「あ、ああ……」


（やけに蓋が緩いな。贈り物なら、もう少しキチンと閉められていそうなものなのに）

これでは運んでいる途中、横漏れしてしまいそうだ。こぼれていなかったからいいけれど、ちょっと気になる……。

小皿に蜂蜜を少量出して、一緒に小さなスプーンを添える。そしてオルティガのところに持っていった。

天気がいいからと、彼は屋敷の中庭にあるテーブル席で待っていた。

「ありがとう。じゃあいただくか」

オルティガが蜂蜜のスプーンを摑《つか》み、焼き菓子にひと匙《さじ》かけようとする。

「ちょ、ちょっと待ってくれ」

なんとなく嫌な予感がして、グレンは身を乗り出した。

オルティガから蜂蜜のスプーンを取り上げ、念のためほんの少量を口に入れてみる。

上質な甘さが舌に広がり、思わず頬が落ちそうになった。味におかしなところはなく、十分以上に美味《おい》しかった。

「なんだ、毒見か？　大丈夫だって、ヘンデル辺境伯はそんなことしないよ」

「そ、そうだよな……」

「お前は何かと『気をつけろ』って言うけど、気をつけてばかりなのも疲れるだろ。休憩中くらい、気を休めてもいいと思うぞ」

「……生憎《あいにく》、これが性分なんだ。念には念を入れたいんだよ」

「そうか。まあとにかく席に着けよ」

「あ、うん……」

そう言ってスプーンを置こうとした時、唐突に吐き気がこみ上げてきた。

「うっ……！　ごほっ！　ごほっ！」

「グレン!?　おい、どうした!?」

オルティガが驚愕《きょうがく》してこちらに駆け寄ってくる。はずみで、スプーンが地面に落ちてしまった。

平静を保ちたかったのに吐き気と咳《せき》が止まらず、喉元《のどもと》から鉄臭い味までせり上がってきた。口内が血にまみれ、咳《せ》き込むたびに手のひらに血が溢《あふ》れてくる。

（やっぱり蜂蜜に毒が……）

　蓋が緩かった時点で気づくべきだった。誰かが一度蓋を開け、毒物を混入させてもう一度蓋を閉めたのだ。

　あんなに注意していたのに、迂闊《うかつ》だった……。

「グレン！　大丈夫か⁉　おい、しっかりしてくれ！」

「げほっ……う、ぐ……」

「誰か！　すぐに医者を呼んできてくれ！　早馬を使っていい！　急げ！」

　毒のせいで意識が朦朧《もうろう》としてきたが、オルティガが自分を心配してくれているのはわかった。かなり焦っているのも感じた。

「グレン、頑張れ！　すぐ医者に見せてやるから……だから絶対、死ぬなよ！」

　ひょいと自分を抱き上げ、急いでベッドまで連れていってくれる。

「…………」

　上手く返事はできなかったが、グレンはうっすら微笑《ほほえ》んだ。

　オルティガが毒を飲まなくてよかった。被害に遭ったのが自分でよかった。

　オルティガを守れたなら、それだけで自分がいる価値があったというものだ……。

（……ああでも、ここで死ぬのはさすがに嫌だな）

自分がいなくなったら、誰がオルティガの破滅ルートを阻止してくれるというのだ？　マルクとの決着もついていないのに、こんな中途半端なところで退場しなければならないのか？

そんなの嫌だ。だいたいここで死んだら、なんのために前世の記憶を取り戻したのかわからないじゃないか。

自分が死ぬのは、オルティガが天寿を全うしてから。主人を看取って、その数ヶ月後くらいにオルティガの墓の前でぽっくり逝くのが夢なんだ。ここで死ぬのは違う……。

（死にたくない……死にたくない、こんなところで……）

徐々に意識が真っ黒に塗り潰《つぶ》されていき、グレンの思考もそこで途切れた。

◆

◆

◆

「う……」

黒い夢から覚めて、グレンはうっすらと目を開けた。

一瞬自分がどこにいるのかわからず、未《いま》だに夢を見ているのではと混乱しかけた。

何度か瞬《まばた》きをし、仰向けになりながら自分の手を確認する。ちゃんと動くし、感覚もあった。

（生きてる、みたいだな……）

ゆっくりと身体《からだ》を起こし、長い息を吐く。

毒を口にした時は死すら覚悟したけれど、なんとか命拾いできてよかった。

「……！」

ベッド脇《わき》で、オルティガが居眠りしていた。ずっと看病してくれていたのか、サイドテーブルに水や薬が置かれている。

「……オルティガ」

軽く揺り起こしたら、彼はガバッと顔を上げた。

寝ぼけて混乱していたようだが、こちらの顔を見た途端、驚愕して目を丸くした。

「グレン……!?　気づいたのか……？」

「ああ、なんとか」

「よ、よかった……。やっと目覚めたんだな……。ホントによかった……」

「ごめん……心配かけてしまって」

「いやもう、ホントに生きた心地がしなかったよ。お前、二日も目を覚まさなかったからさ……。もう、仕事も全然手につかなくて」

「え、そんなに寝てたのか？」

思った以上に心配させてしまったようで、ややバツが悪くなった。

オルティガはうんうんとしきりに頷《うなず》き、心底ホッとしたように息を吐いた。

「飲み込んだ毒物が少量だったのと、処置が早かったのとですぐに解毒はできたんだ。それでも、全然起きてくれなくてさ……。このまま永遠に目覚めなかったらどうしようって、本気で心配しちまったよ……」

「ご……ごめん……」

「いや、俺の方こそ悪かった。俺が油断して『蜂蜜食べよう』なんて言わなければ、こんなことには……」

「……あれは誰にも予想できないって」

原作を知っているグレンですら、毒を盛られるのは予想外だった。

ミーアとの不倫にばかり注意していたから、こんな直接的な暗殺に切り替えてくるとは思わなかった。

（マルクめ……最終的にオルティガを消せさえすれば、手段は問わないと開き直り始めたのか……）

心の中で歯嚙《はが》みしていると、オルティガは表情をガラリと変え、今度は烈火のごとく怒り始めた。

「それにしても、ヘンデル辺境伯が毒を盛ってくるなんてな……。俺だけを狙《ねら》うならともかく、他の人が口にするかもしれない蜂蜜に毒を入れるなんて言語道断だ。さすがにこれは許せない。訴えてやる！」

「え？　ああいや、それはちょっと待ってくれ。まだ辺境伯が犯人と決まったわけじゃないだろ」

「……は？　でもあの蜂蜜は、間違いなく辺境伯からの贈り物だったぞ」

「蜂蜜を運んでいる途中で、何者かが毒を混入させたのかもしれないじゃないか。むしろそっちの可能性の方が高いと思うぞ。あの蜂蜜、瓶の蓋がやたらと緩くなってたし」

「……蓋が緩い？　開けられた形跡があったってことか？」

そう言われたので、グレンは深く頷いた。

「よく考えてみてくれ。もし辺境伯が犯人だったなら、蜂蜜を瓶詰めする段階で毒を混入させるはずだろ？　再度蓋を開ける必要はないはずだ。つまり、蜂蜜がうちに運ばれている間に誰かが蓋を開けて毒を入れた可能性が高い」

「……言われてみれば、確かにそうか。でも、だったら犯人は一体……？」

「それはわからない。でも、疑わしい人物は思いつくよ」

犯人――というか、黒幕は間違いなくマルクだろう。

だけどそれはあくまで黒幕というだけで、毒を入れた実行犯は全くの別人だと思う。

その実行犯を捜すのは不可能に近いし、なんならそいつは口封じのために消されている可能性が高い。

そんなことをされたら状況証拠どころか、尻尾《しっぽ》すらも摑めない。疑惑があるだけでは、マルクを追いつめることはできない。

(くそ、これじゃやられ損じゃないか……。一体どうすればマルクを止められるんだ……)

止められるものなら止めてごらん、とこちらを挑発した声が蘇《よみがえ》ってくる。

この世界には指紋照合やＤＮＡ鑑定もないから、毒物なんて混入させ放題、暗殺もし放題だ。

マルクもそのことを承知しているから、こんな大胆な手を打ってこられるのである。

悔しさに髪を搔《か》き毟《むし》りそうになっていると、

「なあグレン。お前、マルクのこと好きなんだよな……？」

「……は？」

唐突にオルティガがそんなことを言い出した。あまりに場違いな質問で、グレンは思わず間の抜けた返事をしてしまった。

そういえば、彼の誤解を放置したままだったのを思い出す。

「いや、すまん……。今こんなこと言うのは、空気読めてないのはわかるんだ……。わかるけど、その……お前が倒れて、もしかしたらこのまま死んじゃうかもって思ったら、ふっと視界が晴れてきたというか」

「はあ……？」

オルティガは何を言いたいんだろう。よくわからない。

訝《いぶか》しみつつ彼の言葉を待っていると、オルティガはぼそぼそと呟《つぶや》くようにこんなことを言い出した。

「今から言うことは全部ただのヤキモチだ。お前にとっては迷惑でしかない。でも……お前がマルクと付き合うのは、なんかちょっと……いや、だいぶ嫌だ」

「……え」

「マルクだけじゃない。この際だから言うが、お前が他の誰かと付き合うのは嫌だ。幸せになるのを邪魔したいんじゃなくて、幸せにしてやるのが俺じゃないのが嫌なんだ」

「はっ……？」

思わせぶりな台詞《せりふ》が飛び出してきて、グレンは違う意味で目を剝《む》いた。

(俺じゃないのが嫌……？　どういうことだ、それ……？)

オルティガは、グレンのことを血の繋《つな》がったいい友人としか思っていないはずだ。

それがどうして急にこんなこと言い始めたんだろう。自分が寝ている二日の間に、一体何があったのだろう。

「……本当にすまん。お前を困らせるつもりはないんだ。応援してやりたい気持ちも嘘《うそ》じゃない。お前が本気でマルクのことを好きなら、それはもう止められないなと思ってる。……でも、それなら俺の気持ちだって本気だ。多分お前がマルクを想っているより強く、俺はお前のことを想っている」

「え……」

「俺、お前のことが好きだ。お前が死の縁を彷徨《さまよ》っているのを見て、やっと自分の気持ちに気づいた。今更かもしれないけど、俺はお前を失いたくない。マルクにも……他の誰にも渡したくない。これから先もずっと、俺の側《そば》にいて欲しい」

「……！」

「……本当はもっと早く気づくべきだった。子供の頃から好きだったのに、自分の気持ちがわかっていなかったんだ……。俺にとってはあまりに当たり前すぎて、お前がいなくなる可能性なんて考えたこともなかった。勝手に、『グレンはいつまでも側にいるもの』って思い込んでいたのかもな。だからずっと『大事な家族』止まりで、それ以上の存在だってことに気づけなかったんだ……」

「オルティガ……」

「俺はこの通り世間知らずで、呑気《のんき》だから失敗も多い。気持ちに気づかず、的外れなことを言っちゃうこともある。でも、お前のことは誰よりも大事だと思ってるよ。もう二度と危ない目には遭わさないって約束する。だから……」

言葉を詰まらせたオルティガを、グレンは真っ直《す》ぐ見つめた。

まさか彼の方から、こんな熱烈な告白をしてくるとは思っていなかったのだ。

（はは……おかしいな……。最初はオルティガを救えるだけでよかったのに……）

両想いになりたいなどと、そんな贅沢《ぜいたく》なことは望んでいなかった。

無事にマルクの策謀を躱《かわ》した暁には、オルティガの幸せを側で見守っていければよく、いい女性と結婚して何人か子供を作って、跡継ぎを教育しながら側近として彼を支える――そんな未来を想像していた。それで満足なはずだった。

でも今は、心の底から嬉《うれ》しくてたまらない。

オルティガが自分を一番に見てくれたことが嬉しくて、やっと気持ちが通じ合ったことが幸せで、感極まって泣いてしまいそうになった。

しばらくは感動で言葉が出てこず、視線を泳がせてなんと答えようか考えあぐねる。

「……やっぱりダメだよな、今更こんなこと言っても」

だが返事がないことを悪い方向に解釈したのか、オルティガは悲しそうに視線を落とした。

「……既に好きな相手がいるのに、横から別の人に告白されたって全然響かないよな。それに、毒を事前に防げなかった俺が『もう二度と危ない目には遭わせない』なんて言っても全然説得力がない……。父上に叩《たた》かれた時もそうだったし、何回同じこと繰り返すんだって感じだよな……」

「いや、それは別に……」

「今言ったことは忘れてくれ……とは言わない。が、これ以上気持ちをぶつけるつもりもない。振り向いてくれないからって略奪する気はないから安心してくれ」

「ちょっ……」

「この話はもうおしまいな。……お前は病み上がりだから、もう少し休んでいた方がいいぞ。仕事の方はなんとかなるから、気にしないでゆっくりしていてくれ」

そのまま部屋を出ていこうとするオルティガ。

いくらなんでもここで切り上げられるのはあんまりだと思い、グレンはベッドから跳ね起きた。そしてオルティガに飛びついた。

「ちょっと待てってば！　俺の話も聞けよ！」

「お、おいグレン……もう少し安静にしてた方が……」

「だから話を聞け！　俺が好きなのは、最初からあなただけだ！」

「……えっ？」

その瞬間、オルティガはぽかんと口を半開きにした。

彼にとっては完全に予想外だったのか、信じられないものを見るように目を何度もしばたたかせた。

「えっ……？　え？　俺？　本当に？」

「……いや、そんなに驚かないでくれよ。というか、こんなに近くにいるのになんでわからないんだよ……」

「だ、だってお前、俺のせいで結構ひどい目に遭ってきたし……。父上に叩かれるわ、ミーア様の兵に襲われかけるわ、毒で死にかけるわ……さんざんじゃないか。他にも仕事でいろいろ迷惑かけてきたし……嫌われることはあっても、好かれることはないと思ってた」

「あのなぁ……確かに迷惑かけられたことは何度もあるが、それであなたを嫌ったことは一度もないぞ。むしろ力になれてよかったと思っているんだ。今の俺がいるのは、間違いなくあなたのおかげなんだから」

「そ、そうか……？　俺みたいなのが主人で、いい加減嫌にならないのか？」

「なるわけないだろ……。あなた以外の主人なんてあり得ない。俺はこのままずっと、一生オルティガ・グロスタールの側にいる。子供の頃からそう決めていたんだ」

正面からオルティガを見つめ、ハッキリと言い切ってやる。

「あなたは自分を『世間知らずで、呑気だから失敗も多い』って言ったな？　そんなのとっくに知ってるよ。でも、そういうところも全部ひっくるめてあなたが好きなんだ。いいところも悪いところも、全部含めた『オルティガ』という人間が好きなんだ。言葉を間違えてヒヤヒヤさせるところも、危機感が薄くてほっとけないところも、時々領主としての振る舞いに悩んじゃうところも、全部好きだ」

「グレン……」

「……だからもう、変な誤解をするのはやめてくれ。俺にとってマルクは天敵でしかないんだ。好きとかそういう気持ちは全くないんで、安心して欲しい」

そう言った途端、オルティガがこちらを強く抱き締めてきた。

何度も確認するように、耳元で尋ねてくる。

「よ、よかった……。グレンはこれからもずっと、俺の側にいてくれるんだな？　誰かのものにはならないでくれるんだな？」

「ああ、もちろん。俺の居場所は、あなたの側以外にないんだ」

オルティガの顔がぱあっと明るくなった。

見るからに嬉しそうに笑ったかと思うと、勢いのままこちらの顔を挟んで唇にキスをしてきた。

「っ……」

さすがにびっくりしたが、グレンは目を閉じてオルティガからのキスを受け入れた。

純粋な甘さと愛情の中に、ほんの少しだけ不安の味が混ざっていた。

（……これがオルティガの本心なのか……）

自分はこれからもグロスタール侯爵家の当主として、家族や領民を率いていくつもりでいる。

でもそうやって人の上に立っていると、時々ものすごい不安と孤独に苛《さいな》まれるのだ。

自分のやっていることは本当に正しいのか。本当に大事なものを守れているのか。今の調子でやっていて、自分の領地は本当に大丈夫なんだろうか……と。

だからこそ、グレンにだけは側にいて欲しかったのだ。

頼れる人が少なく、気軽に弱音を吐けない立場だからこそ、一番の理解者であるグレンにはどこにも行かないで欲しかったのだ。別の誰かに心変わりして欲しくなかったのだ。グレンが死の縁を彷徨った時に本心が見えてきたのも、「グレンを失ったら自分は独りぼっちになってしまう」という本能的な恐怖が働いたからに違いない。

「……んっ……」

唇伝いに感じたオルティガの気持ちを汲み取り、グレンはそっと彼の背に手を回した。

(安心してくれ、オルティガ。あなたのことは俺が必ず守るからな……)

腕に力を込めて抱き締めたら、オルティガもまた強く抱き締めてきた。まるでこちらに縋《すが》りついているみたいだった。

そんな彼が、愛《いと》おしくてたまらなかった。

「……！」

キスされながら服の合わせ目に手を這《は》わされ、ハッと我に返る。

パッと目を開け、軽くオルティガの肩を押して抗議の意思を示した。

「ちょ、ちょっと待ってくれ……！　さすがにそっちはまだ……」

「……えっ？　あっ、悪い……！」

慌てて距離をとってくるオルティガ。

端整な顔が赤らみ、気まずそうに目を逸らしてきた。

「ホントにすまん……！　なんか無意識に手が動いてて……」

「無意識なのか？　なら今のキスも無意識にやったたってことか？」

「い、いや、それは決して無意識じゃない……！　ただ、グレンと両想いになれたのが嬉しくて、つい気持ちが先走っちゃったというか……」

「……はあ。いいけど、俺はさっき起きたばかりだからな？　体内に毒が残っていたらあなたに移すことになっちゃうし、さすがに時期尚早だよ。こういうことは、もう少し落ち着いてからにしてくれると助かる」

「そ、そうだよな……。配慮が足りていなかったよ、すまない……」

　軽く咳払いをしつつも、オルティガはどこか吹っ切れたように続けた。

「いやでも、とにかくよかった。お前、やたらとマルクのことを気にしてくるからさ、てっきり仲を取り持って欲しいのかと思っちゃった。危うくマルクに嫉妬《しっと》するところだったぜ」

「……だからさっきも言っただろ？　俺にとってマルクは天敵なんだよ。好きになるなんてあり得ない」

「天敵かぁ……。というかお前ら、そこまで因縁あったたっけ？」

「それは……」

「そういや、以前王宮に行った時も呼び止められて話してたな。あれ、結局なんだったんだ？」

「ええと……」

「いや、言いたくないなら言わなくてもいいんだ。でも、差し支えないなら教えて欲しい。俺だってこれ以上、無駄なヤキモチ焼きたくないし」

まじまじと正面から見つめられ、グレンは言葉に迷った。

ここまで来たら、説明してやるのもやぶさかではない。

だがオルティガにとってはショックな話にしかならないから、言葉はなるべく選ぶ必要がある。

グレンは一生懸命言葉をチョイスし、一番オルティガのダメージが少ない説明を心がけた。

「かなり荒唐無稽《こうとうむけい》な話になるんだが……実はあの日――階段から落ちて気を失った時に、予知夢らしきものを見たんだ」

「……予知夢？　それって、未来を夢に見るヤツか？」

「そうだよ。そこであなたが裁判にかけられているのを見た。罪状は『王妃ミーアとの姦《かん》通罪《つう》』だ。あなたは必死に無実を訴えたけど誰にも聞き入れてもらえなくて、最終的には斬首を言い渡されてしまい……」

「え……」

「その時の傍聴席にはマルクもいた。あなたはマルクにも証言してくれるよう頼んでいたけど、マルクは――あいつは、勝ち誇ったような笑みを浮かべて『残念だけど、さようなら』って言い放ったんだ……！」

思い出すだけで怖気《おぞけ》が走る。

映画の内容があまりにショックすぎて、一度も書いたことのない二次小説を書き始めたくらいなのだ。

原作者がどうしてあんな展開にしてしまったのか、未だに理解できない。

「もちろん最初は半信半疑だった……。けど、試しにオルティガに同行してマルクの様子を確かめたら……案の定だったよ。俺が予知夢を見たことをなぜか知ってて、堂々と宣戦布告してきたんだ。『止められるものなら止めてみろ』ってな」

「なんだそれ……。マルクってそんなヤツだったのか？　寒門出身でもめげずに努力するいいヤツだと思ってたのに」

「みんなそうやって騙《だま》されるんだろうな。でもあの人はかなり頭が回るし、性格も腹黒い。

出世のためなら、他の貴族も平気で追い落とせる……そういう人なんだよ。今回蜂蜜に毒を入れたのも、マルクが黒幕なんじゃないかと思っている」

そう告げたら、オルティガはかなりショックな顔をしていた。視線を落とし、やや弱い声色でぽつりと呟いてくる。

「それでお前はあの日以来、人が変わったみたいになってたのか……」

「そうだな……。何が起こるか気が気じゃなかったし、屋敷で留守番しているだけじゃあなたは救えないと思って」

「……そういうことだったんだな」

案の定落ち込みかけている彼に、グレンはあえて明るく言った。

「でも大丈夫だ、あなたのことは俺が守る。敵の思惑がわかっている分、対策はしやすいしな。これからもトラブルは起こるだろうけど、俺がなんとかするから心配しないでくれ」

「いや、それは困るんだ。これ以上、お前だけを危険な目には遭わせられない。俺の代わりに毒を盛られるなんて言語道断だ。お前に倒れられると、俺が困るんだよ」

「え……」

「だからこれからは、二人で一緒に乗り越えていこう。マルクの話はショックだが、モヤモヤがなくなった分スッキリもした。今後は、俺もマルクのことを注視していく。お前だけに負担はかけさせない」

「オルティガ……」

「もう、俺を守ろうと無茶なことはするな。俺が危ないことをしようとしたら、またぶん殴って止めればいいだけだ。わざわざお前が実害を受けることはない。それだけは肝に銘じていてくれ」

「……そうだな、わかったよ」

「絶対だぞ。約束な」

そう言って強引に指切りをさせ、オルティガはもう一度こちらを抱き締めてきた。

グレンも少し目を細め、抱擁を返しながら彼からの約束を受け取った。

（そうだな。確かに、俺がやられたら意味がないんだ……）

今回のことで思い知った。オルティガが暗殺されるのは論外だが、グレンが死んでも彼を守ることはできない。ほんの少しオルティガの生存期間が延びるだけで、いずれマルクの罠にかかって死んでしまう。

だから二人で生き残る。二人でマルクに立ち向かう。これしかない。

「……長生きしてくれよな、オルティガ」

「当たり前だろ。お前も、俺より先に死んだら許さないからな」

お互いに固い約束を交わし、至近距離で微笑み合った。

やっと本心からわかり合えたようで、グレンはこの上ない幸せを感じた。

6

翌日、グレンとオルティガはなんとかまとめ上げた報告書を持参し、王宮へ向かった。

「我がグロスタール領についてですが、お手元の資料の通り……」

提出した報告書とともに、オルティガが国王ジョセフに自領の状況を説明する。

今年は作物の何割を納められそうとか、犯罪の件数はどのくらいだとか、教育や福祉は行き届いているか等々、包み隠さず報告していた。

グレンは報告をすぐ後ろで聞きつつ、チラリとジョセフの様子を窺《うかが》った。

会議室の中心にいるジョセフは、相変わらず真面目《まじめ》な顔で報告書を見ている。

毎日午前五時に起床して六時には執務を開始すると言われているように、仕事自体はきちんとこなす有能な君主なのだろう。

暴君などと陰口を叩いている人もいるが、臣下の定期報告にも毎回熱心に耳を傾けているし、ただ単に仕事にこだわりを持っているだけのような気もする。

そのジョセフは、報告書を大臣に手渡してオルティガを見下ろした。

「報告ご苦労であった。今後も貴族の責務を忘れず、職務に励むように」

「はっ」

頭《こうべ》を垂れて返事をしたオルティガは、こっそり表情を緩ませた。

問題なく報告が終了したので、ジョセフから「下がってよい」と言われるのを待った。

「時に、グロスタール侯」

「はっ……？」

またもや急に話を振られ、オルティガの顔に緊張が走る。グレンも何事かと訝しんだ。

（なんだ……？　またミーア様について聞かれるのか……？）

この間ミーアがグロスタール領を突撃訪問してきたから、それに関して話があるのかもしれない。

もっとも、そうなった時はミーアが如何《いか》に非常識な振る舞いをしていたかを全《すべ》て正直に話してやるつもりでいた。こちらに落ち度はないし、オルティガはあくまで紳士的に対応したのだから堂々としていればいい。

だがジョセフの口から飛び出してきたのは、それとは全く別方向の問いかけだった。

「このところ、辺境の異民族が再び勢いを増していると聞く。野蛮な者どもに、我らの大事な土地を奪われるわけにはいかん。戦力増強のために各地から徴兵を行おうと考えているのだが、これをどう考えるか？」

「……！」

しかも思った以上に大事な話だった。国境警備に関する話は、パレス王国の中でも一、二を争う重要事項である。

パレス王国は昔から国境付近で異民族と小競り合いになっていて、土地をとったりとられたりを繰り返していた。

その関係で国境線が塗り替えられることも多く、国境付近を守る辺境伯の役目はかなり重要となっている。オルティガに蜂蜜を送ってきたヘンデル辺境伯も、国境を守っている貴族の一人だ。

ちなみにこの「辺境伯」は、国王の信頼が厚い者でないと任命されることはない。

国境を守っている者が異民族に寝返ったら国境線が書き換えられてしまうため、辺境伯は国を裏切る心配がなく、真面目に異民族との戦いに注力でき、なおかつ国王の目が届かない場所にいても清廉潔白でいられる人物でないといけないのだ。

オルティガが「ヘンデル辺境伯は毒なんて盛らない」と最初に断言していたのは、辺境伯ともあろう者がそんな小汚い手を使うはずがないと信じていたからである。

そんな辺境伯からも、定期的な報告書が王宮に届く。

曰《いわ》く、現在国境付近では異民族の勢いが増しており、王国側の戦力不足が目立ってきているそうだ。

そこでジョセフは、パレス王国各地から徴兵を行ってはどうかと考えているらしい。

ただ……。

（徴兵って一般市民が対象になるのか？　それはさすがによくないと思うぞ……）

徴兵そのものは悪いことではない。

だが国のために戦うのは、あくまで貴族や騎士、訓練兵の役目である。市民は守られる立場であって、前線で戦わせる存在ではないのだ。

そもそもロクに訓練していない一般市民を集めたところで戦力にならないし、逆に食い扶持《ぶち》が増えて邪魔になるだけである。それくらいなら、どこかの傭兵《ようへい》を金で雇った方がよほど戦力になるだろう。

「陛下、それはなりません。徴兵などとんでもない」

貴族の一人が、真っ向から反対の意を示した。ジョセフの隣に控えていた大臣だ。

「既に辺境には、多くの物資が投入されております。これ以上国力を割いたら、その他の地域が手薄になってしまいますぞ。民の不満も増すでしょうし、徴兵など言語道断……」

「黙れ。お前の意見は聞いておらん。私はグロスタール侯に尋ねているのだ」

「しかし陛下……」

「お前に発言権はない。にもかかわらず横から口を挟むなど、無礼千万である。お前はもう下がっておれ」

「な、なんと……？」

「聞こえなかったのか？　下がれと言ったのだ。お前はもうこの会議にいらん」

「……。かしこまりました……」

一喝された大臣は、渋々会議室を出ていった。

ピリピリした空気の中、グレンはここにも罠が隠されていることを確信した。

（……やっぱりな。ストレートに反対するのは冷遇の原因になるんだ……）

先ほどの大臣の反対意見は、決して間違っていなかった。これ以上国力を割けないのも本当だし、民の不満が増すというのも正しい。

ただ、言い方が悪かっただけで。

おそらく若かりし頃のジョセフなら、大臣たちからボロクソに反対されたとしても「私の経験不足だから仕方がない」と飲み込むことができたのだろう。

だが今のジョセフは、国王としては既にベテランである。

年齢的にも中年に差しかかっているし、自分の考えを頭ごなしに否定されたらイラッとするに決まっている。たとえそれが正しい意見でも、だ。

そんな年齢による変化に気づかず仕事を続けているから、大臣たちも冷遇されがちになるのだろう。

「して、どうなのだ？　グロスタール侯、意見を述べよ」

シン……とした空気のもと、ジョセフが再び尋ねてくる。

「は、はい……」

そう促され、オルティガもとうとう口を開かざるを得なくなった。

代わりに答えてやりたかったが、下手に出しゃばったら先ほどの大臣の二の舞になりそうだったので、グレンは冷や汗をかきながらやり取りを見守った。

オルティガ、間違っても変なこと言うんじゃないぞ……？

「……陛下のお気持ちは、とてもよくわかります」

オルティガは、まずワンクッション置いて答えた。

「戦力を増強すること自体は、素晴らしい考えです。……ただ、外敵と戦い、国を守るのは我々貴族の役目でございます。徴兵するのであれば、貴族や騎士公を中心になさるのがよろしいかと」

「……ほう？　つまりグロスタール侯が徴兵の対象になったとしても、喜んで戦地に赴く

という わけだな？」

ジョセフが挑発的な言葉を投げてくる。

保守的な貴族ならここで尻込《しりご》みするところだったが、オルティガは臆《おく》せず言い切った。

「もちろんでございます。領民を守るのは領主の務め。貴族たるもの、有事の際は領民を守って戦う義務があります。このオルティガ・グロスタール、陛下の命とあらばいつでも辺境へ赴く覚悟はできております」

「ほう……」

会議室に沈黙が降りた。

やがてジョセフは小さく息を吐くと、肘掛《ひじか》けに頬杖をついて言った。

「……まあよい。お前の考えはわかった」

「はっ……」

「ところで、近々私主催の仮面舞踏会を開こうと思っている。これについてはどうか？」

「は……舞踏会、ですか」

また全然違うジャンルの話を振られ、オルティガは目をしばたたかせた。

これに関しては反対する理由もないため、彼は戸惑いながらも賛成の意を示した。

「定期的な娯楽も、国の運営には必要かと存じます。陛下主催ともなれば、多くの臣下に喜ばれることでしょう」

「そうか。ならばこのまま計画を進めよう。お前はもう下がってよいぞ」

「はっ」

深く一礼し、オルティガは会議室を退出した。グレンもその後に続いた。

廊下をしばらく行き、第一宮殿のエントランス付近に来たところで、ようやくオルティガは近くのベンチに座り込んだ。

「はああぁ……き、緊張した……。心臓飛び出るかと思ったわ……」

「お、お疲れ様……。なんとか無事に済んでよかったな」

「なあグレン、俺受け答え間違ってなかったよな？　あれでよかったんだよな？」

「多分な……。考え得る最良の答えだったと思う。ただ、『いつでも辺境に行く』っていうのは正しかったかわからないが」

「そこは別に間違ってないだろ。嘘もついてないし」

「え……」

「はぁ……なんか一気に疲れた。さっさと帰ろうぜ」

オルティガがスタスタと第一宮殿を離れていったので、グレンも慌てて追いかけた。

追いかけながら、彼の言葉の真意を問い質《ただ》す。

「オルティガ、さっきの辺境に行くって話は……」

「ん？　ああ、本気だぞ。陛下に命令されたら、いつでも辺境に行く覚悟はできている。貴族っていうのはそういうもんだろ？」

「え……。いや、まあそうだけど、そしたらあなたは危険な戦地で生活することになるんだぞ？　怖くないのか？」

「そこまで怖いとは思わないな。すぐ近くに異民族が住んでるってだけで、常に矢が降り注いでるわけじゃないんだしさ。言うほど危険じゃないよ」

「それは……そう、かもしれないが……」

「ああ、でも……もし俺が辺境に行くことになったら、お前は屋敷に残って領地の運営を続けてくれよな」

「えっ⁉」

急にそんなことを言われ、グレンは愕然《がくぜん》とした。オルティガのことだから「お前も一緒に来てくれ」と言ってくるかと思っていたのに。

（俺だけ留守番なのか？　せっかく両想いになれたのに？　こんなところで離ればなれのフラグが立つわけ？）

まさかこれ、違う形の「破滅ルート」なんじゃないだろうな……？

いや、まだ辺境に飛ばされると決まったわけじゃないけど……だとしても、これはあまりに雲行きが怪しい。

オルティガの斬首は防げても、離ればなれになったままオルティガが戦死してしまったら、グレンにとっては間違いなくバッドエンドだ。そんな展開は絶対に御免である。

（もしかしてさっきの場面は、無理にでも俺が陛下を言いくるめなきゃいけなかったのか？　あれで『辺境行き』のフラグが立ってしまったのか？）

わからない。既に完全オリジナルストーリーになってしまっている以上、この先どうなるか予想がつかない。いい方向に進んでいるのか、悪い方向に転がっているのかも不明だ。

でも……でも、もしこれが悪い兆候だったら、この先一体どうすれば……。

「おや、オルティガにグレンじゃないか。元気かい？」

「……！」

よりにもよって、一番会いたくない人と遭遇してしまった。

マルクはいけしゃあしゃあとこちらに近づき、笑みを浮かべながら話を振ってきた。

「あれ、なんかグレン顔色悪くない？　具合が悪いのかな？」

「っ……」

「いつもオルティガの仕事に付き合ってて疲れてるんじゃないの？　ちゃんと休みをもら

わないとダメだよ」

言外にオルティガについてきたことを咎《とが》められ、違う意味で具合が悪くなってきた。

めまいを抑えるようにこめかみに手を当て、マルクを睨《にら》みつける。

(コイツ……！　誰のせいでこんな苦労してると思ってるんだ……！)

できることならこの場でぶん殴ってやりたい。マルクがやってきた悪事を大声で暴露し、彼の本性を暴いてやりたい。

するとオルティガが、庇《かば》うようにグレンの前に立った。

「ちょうどよかった。マルクにひとつ聞きたいことがあるんだ」

「聞きたいこと？」

「うちに蜂蜜を送ってきたの、マルクだよな？」

「……蜂蜜？　何それ？　知らないんだけど。どういうこと？」

「先日、うちにヘンデル辺境伯の名前で蜂蜜が届けられてな。でもその蜂蜜には毒が入っていて、危うくグレンが死にかけたんだ」

「え、そうなの？　それは大変だったね」

白々しくすっとぼけてくるマルク。

「……で、それがなんで僕の仕業ってことになるわけ？　ヘンデル辺境伯の名前なら、犯人も辺境伯じゃないの？」

「辺境伯はそんなことしない。あの人は陛下の信頼も厚い清廉潔白な人だ。そんなあからさまなことはしないし、そもそも毒を仕込むために再度蓋を開ける必要もない。絶対犯人じゃない」

「へえ……？　きみの主張はわかったけど、ちょっとそれ根拠としては弱すぎない？　初《しょ》っ端《ぱな》からこの調子じゃ、まともな議論はできないよ。正しい議論の仕方について、もう少し勉強してきたら？」

「話を逸らすな。今は毒入りの蜂蜜の話をしてるんだ」

「……。……はあ、まあいいや」

マルクは呆《あき》れたように前髪を掻き上げた。

「じゃあ、どうして僕が犯人だと思ったわけ？　証拠もないのに一方的に疑うなんて、いくらなんでも失礼じゃないかな」

「でも実際、お前が黒幕なんだろ？　この間グレンにも『止められるものなら止めてみろ』って宣戦布告したらしいじゃないか」

「それが何？　別に『殺してやる』とか『毒を盛ってやる』なんて言ってないでしょ。そんな台詞だけで僕を疑うなんて、そっちの方がどうかしているよ」

「悪いが、俺はお前の話よりグレンの方を信じているんだ。グレンが怪しいと疑っている以上、俺も疑わざるを得ない。それに寒門出身者にとっては、一人でも多くの名門貴族がいなくなってくれた方が都合がいいんだろ？　俺を狙う理由は十分にある」

「はあ……そんなイメージだけで僕のこと疑うんだね。それって、寒門出身者を見下す名門貴族たちと同じじゃん。寒門出身者なら何をしてもおかしくないって、心の底では思ってるってことでしょ」

「そこまでは言ってないが……」

「きみは差別や悪口が嫌いだったはずなのに、すっかりそこの側近さんに毒されちゃったんだね。僕は昔の、馬鹿正直なまでに平等に接してくれるきみが好きだったのにな」

そんなふうに言われ、オルティガも言葉に詰まった。

マルクはやれやれ……と肩を竦《すく》めた。

「確かにきみについては、前からいろいろ引っかかるところはあったよ。でも、だからって毒を盛ろうとは思わない。もしやるなら誰が口にするかわからない毒じゃなくて、もっと確実な方法を考えるよ。そんな穴だらけの方法を採用するのは、ミーア様くらいだ」

「……ミーア様？　なんでそこでミーア様が……」

「だってオルティガ、ミーア様の誘いを断り続けてるんでしょ？　わざわざ屋敷まで行ったのに、すげなく断られたって嘆いてたよ？」

「……！」

「まあ、本当にミーア様が犯人かどうかまではわからないけど。ただ、ミーア様のことだから、思い通りにならないことに腹を立てて『もういいや』って毒殺しようとしても不思議じゃないね。彼女は短絡的で頭も空っぽだから、後先考えずにその時思ったことを行動に移しがちだ。誰かに頼んで毒を仕込んだ可能性は十分にあるよ」

「それは……」

「そういうわけだから、僕を疑うのはお門違いってことさ。というかそんなふうに毒を送りつけられるってことは、送りつけられるだけのことをしてるってことじゃないの？　人のことを疑う前に、自分たちの行いを顧みた方がいいよ」

予想外の話術を次から次へと展開され、グレンも二の句が継げなくなった。

（何なんだこいつ……。どうしてこんなに余裕があるんだ……）

疑われて焦るでもなく、罪を認めて開き直るでもなく、言葉巧みに躱した挙句、こちらへの非難にすり替えてくる。

何かこう……得体の知れない化け物を相手にしているような、うっすらとした恐ろしさを感じた。

頭も口も回ることは知っていたが、ここまでとは……。

「それにしても、またグレンはオルティガに同行しているんだね。ただの定期報告なのにご苦労様です。これで二回目かな？」

「……！」

「前回あれほど『仕事の邪魔しちゃダメだよ』って忠告したのに、聞いてもらえなくて悲しいよ。どうせ定期報告の場では後ろで聞いているだけなんだから、それなら屋敷の仕事をしていた方がいいと思うな」

「は……？」

「だってほら、外に出るってことはそれだけ人目につきやすくなるってことだからさ。出すぎた真似《まね》をするのは、身を滅ぼす原因になるよ」

わざとこちらに視線を向け、挑発的に微笑んでくるマルク。

その含みのある笑みを見た瞬間、グレンの頭に恐ろしい考えが浮かんできた。

（まさか、この間の毒……狙われていたのはオルティガじゃなく俺の方……⁉）

マルクからすれば、今一番の障害になっているのはグレンだ。

だからグレンを先に始末して、そこからゆっくりオルティガを狙っていく方針に切り替えたのではないだろうか。

毒を仕込むのに蜂蜜を選んだのも、貴重な蜂蜜を使用人が先に食べることはないと踏み、オルティガかグレンのどちらかを始末できればよしと考えたのだろう。

……もっとも実際にやったのは王妃ミーアであって、マルクは入れ知恵しただけだと思うが。

（なんてヤツだ……）

強敵すぎる。まるで勝てる気がしない。

今回はギリギリ生存できたが、このままではいずれどこかで負けてしまう。

一体どうすればいいんだ……。

「……！」

するとオルティガが、勇気づけるようにこちらの手を握ってくれた。

言葉はなかったものの、それだけで青ざめていた心がぽっ……と温かくなった。

「今その話は関係ないだろ。グレンがどこで何をしようとグレンの自由だ。お前がとやかく言う筋合いはない」

「ふーん……？」

「それと……疑ってすまなかった。あくまで自分は潔白だと主張するなら、それでもいい。ひとまず、そういうことにしておこう」

オルティガが静かに言う。

「その上で、あえて言わせてもらう。もう誰かを貶《おとし》めるのはやめにしないか？」

「……！」

「別に俺はマルクの出世の邪魔をするつもりはないし、足を引っ張るつもりもない。大臣のポジションが欲しいとも思わないし、権力を握りたいとも思っていない。俺のことが嫌いならそれでもいいから、だったら今後はお互い関《かか》わりを持たないってことでよくないか？　わざわざリスクを冒してまで俺たちを貶める必要はないと思うんだ」

「………」

「マルクみたいに頭がよくて弁も立つなら、必ず王宮で出世できると思う。地道に努力すれば陛下の側近にもなれるはずだから、誰かを罠に嵌《は》めたりそそのかしたりするのはもうやめよう。な？」

「…………」

マルクはしばらく無言だった。

だが不意に目つきを変えると、今まで聞いたことのないくらいドスの効いた声でこう吐き捨ててきた。

「そういうところが嫌いなんだよ、世間知らずのお坊ちゃんが」

「……っ」

「努力ならもうしてきた。それこそ、きみには想像もつかないくらいにね。寒門出身者はそれでようやくスタート地点に立てるんだ。苦労知らずの名門貴族が、わかったような口を利かないでくれる？」

「………」

「きみの説得を受け入れるくらいなら、最初からこんなことしていない。僕は僕の思ったようにやる、それだけだよ」

「マルク」

「それじゃ、僕はやることがあるから。いろいろ話せてよかった」

そう言うと、マルクは何事もなかったようにその場を去っていった。

静かな嵐《あらし》に心を掻き乱されたような、そんな不快感だけが残った。

「グレン、大丈夫か？」

オルティガがこちらの顔を覗《のぞ》き込んでくる。握ったままの手を、そっと両手で包み込んでくれた。

「あ……ああ、大丈夫だよ。ありがとう」

「でもだいぶ顔色悪いぞ。まあ、あれだけ言いたい放題言われれば、気分も悪くなるだろうけど……」

「まあ、な……」

「とりあえず、これ以上何かある前に帰ろう。長居は無用だ」

二人は急いで馬車に飛び乗り、王宮を後にした。

馬車が動き出してからもしばらくは混沌《こんとん》とした思考が渦巻き、無言のままボーッと外を眺めるだけになってしまった。

(これからもずっと罠を仕掛けられ続けるのか……。こんなことが何年も続いたら、こっちの神経がすり減ってしまいそうだ……)

オルティガが一生懸命説得しても聞かなかった。現状、マルクを止める術《すべ》はない。止める術がないなら、この対決は永遠に決着がつかない。それこそオルティガかグレンが死ぬまで、延々と繰り返される羽目になる。

こちらは平穏な毎日を送りたいだけなのに、どうしてこうなってしまうのだろう……。

「……それにしても可哀想《かわいそう》なヤツだったたな」

唐突にオルティガが呟くように言った。

なんの話かわからず、グレンははたと彼を見た。

「何が可哀想なんだ?」

「いや、マルクがさ。きっとあいつには、道を外れそうになった時にそれを諭してくれる人が誰もいないんだ。いつも独りぼっちで、自分以外の人間は誰も信用していないんだろう。だから自分の考えだけで暴走してしまうんだ。そう思うと、ちょっと哀れだよな」

「自分以外を信用していないのはそうかもな……。でもオルティガは、ちゃんとマルクを諫《いさ》めようとしたじゃないか。それを聞かなかったのはマルクの責任だ」

「や、確かにそうなんだけどさ……。ただ……いくら正しいことを言われても、その相手が信頼のおける人じゃなかったら素直に聞く耳を持てないというか」

　彼は少し遠い目をして、話を続けた。

「ほら……以前俺が余計なことを言って、お前が注意してくれたことがあっただろ？　まさにあんな感じだよ。お前が言ってくれたから素直に反省できたが、全然知らない通りすがりの人間に叱《しか》られてたら、『なんだコイツ』で終わっていたかもしれない。言われたことが正しいのはわかってるけど、心が受け取り拒否するっていうかな。そういう意味では、会議中の陛下も似たようなもんだったが」

「それは、まあ……」

「だからこそ、信頼のおける友人なり臣下なりが必要なんだ。『あいつがああ言ってるから、やっぱり考え直そう』とか『あいつがそこまで言うんだから、きちんと反省しよう』

とか……そういうふうに思える相手が側にいないと、人はだんだん道を踏み外していくんだよ。マルクはまさにその『諫めてくれる相手』がいない状態なんだ。だから、誰がどう諫言《かんげん》しても聞く耳を持てないんだろうな」

「…………」

「その点、俺にはお前がいるからな。俺が変なことしたらすぐにお前が叱ってくれるし、本当にありがたい存在だよ。いろんな意味で感謝してる」

そう微笑み、オルティガはさも愛おしそうにこちらを抱き締めてきた。

馬車の中であるのをいいことに、頬や額にキスまでしてくる。

「ちょ、ちょっとオルティガ……」

「ん？　こうされるのは嫌だったか？」

「嫌じゃないが、誰かに覗かれたらマズいって……」

「大丈夫だよ。動いてる馬車の中だし、覗き込むヤツなんていないだろ。外では我慢してたんだから、ちょっとくらい許してくれよ。な？」

などと言い、お構いなしにスキンシップをしてくる。

嬉しかったものの、今までにないあからさまな愛情表現にグレンは少し戸惑った。

（な、なんかすごい積極的だな……。オルティガってこんなキャラだったのか……）

普段は領主として「しっかりしなくちゃ」と気を張っている分、一度心を許してしまうとどこまでも相手に甘えたくなるのかもしれない。

いや、自分の感情を自覚したから、素直にそれを表現しているだけか。

どちらにせよ、今のオルティガはとても幸せそうだった。

できれば、この純粋な幸せをいつまでも味わわせてやりたい。マルクともいい加減ケリをつけて、二人でずっと幸せに暮らしたい……。

馬車がガタンと揺れたので、そのタイミングでオルティガは一度こちらを解放してくれた。

グレンは赤くなった顔をごまかすように、大きめに咳払いをした。

「そ、それにしても陛下、『仮面舞踏会を開く』とか言ってたよな？　あれ、本気だったのかな」

「本気だったと思うぞ。あの場で冗談を言うとも思えないし。準備ができ次第、開催するつもりなんじゃないか？」

「そうか。どうにもきな臭いな……」

国王主催の舞踏会ともなれば、マルクもミーアも出席するだろう。

次に何か起こるとしたら、そこしか考えられない。今度こそミーアとの姦通罪をでっち上げてくる可能性がある。

でも、マルクが原作通りに動いてくるのなら、それを逆手にとることはできないか。

罠にかかったフリをしてマルクに尻尾を出させれば、逆に向こうを追いつめることができる。

罠を仕掛けている時は一番油断しやすいというし、もしかしたらこれが最初で最後のチャンスになるかもしれない。

具体的にどうすればいいかは、まだ思いつかないけど……。

「しっかし、舞踏会かぁ……。開くのは勝手にしてくれって感じだけど、参加するのは面倒なんだよなぁ」

どこか投げやりな口調で言うオルティガ。

「身分が上の者から先に入場するだの、序列によって使っていい馬車の台数が違うだの、ドレスの色が被《かぶ》ったらアウトだの、堅苦しすぎて息が詰まるわ。ある程度の礼儀作法は必要だけど、そこまで細かいこと気にしなくていいのに。公爵も男爵も、結局みんな同じ貴族なんだからさ。序列関係なくフラットに付き合えれば、みんな幸せになるのにな」

「……そんな考えができるなら、最初から名門と寒門の間に溝なんかできていないだろ。マルクに狙われているのも、もとを正せばそういう身分差が原因だしな」

「そうなんだよなぁ……。あーもう！　面倒だから、いっそ人間関係気にしなくていい辺境に飛ばして欲しいぜー！」

開き直りともいえる嘆きだったが、それを聞いてふとある考えが芽生えた。

（もしかしてオルティガにとっては、王宮から離れて辺境で暮らした方が幸せなのか……？）

辺境は確かに危険と隣り合わせである。

その代わり面倒な人間関係はほとんどないし、むしろ異民族という共通の敵を前に一致団結できる。

くだらない策謀もなく、足を引っ張られることもないから、オルティガの性格上そちらの方が暮らしやすいかもしれない。

辺境に飛ばして欲しいというのも、あながち冗談ではないような気もしてきた。

（でも……そうなったら、オルティガとは離ればなれになるんだよな……）

側近として一緒について行ければいいが、さすがに領地の仕事を放り出すわけにもいかない。オルティガが辺境に行くなら、グレンが領地に残るのは決定事項だ。

一体どうするのが、自分たちにとってベストな未来なのだろう……。

一人で悩んでいると、オルティガはわざとらしく溜息《ためいき》をついた。

「まあしょうがない。どのみち舞踏会は避けられそうにないからな。とりあえず、今のうちに衣装でも用意しとく？　お前、舞踏会用の衣装なんて持ってないだろ」

「あ、ああ……そういえばそうだったな……」

「あと仮面もさ。そう頻繁に作り替えるものでもないし、いいヤツを新調しようぜ。なんなら俺とお揃《そろ》いにするってどうよ？」

「それじゃどっちがどっちか、見分けがつかないじゃ……」

その瞬間、あるアイデアが閃《ひらめ》いた。

脳内に電撃が走ったように唐突に、曇っていた視界がぱあっと晴れていく。

「そうだよ！　その手があった！」

「は？　なんだ？　どうしたんだ？」

「オルティガ、ありがとう！　これならマルクを出し抜けるかもしれない！」

「お、おう？　なんかよくわからんが、よほどすごい作戦なんだな？」

「帰ったら詳しく説明するよ。準備も必要だから、今からしっかり舞踏会に備えよう」

オルティガは怪訝《けげん》そうなままだったが、グレンはようやく細い勝ち筋を見つけたような気分だった。

もうマルクには負けない。

今度こそ二人で幸せを掴みとってやる……！

◆　◆　◆

第一宮殿の廊下を歩きながら、マルクはあれこれ思案した。

（毒の蜂蜜は結局失敗だったか。グレンも命拾いしちゃったみたいだしなぁ）

それに関しては、まあいい。

元々成功率が高くないことは承知していたし、失敗したところで足がつくことはない。

オルティガに直接責められたのは意外だったけれど、決定的な証拠がない限りはどうとでも言いくるめられる。

ただ、グレン＆オルティガの親密度が思った以上に上がっているのは驚いた。

グレンの一方的な片想いではなく、オルティガもグレンのことを想っていたのはちょっと計算外だった。

原作では、そこまで親密な描写はなかったんだけどな……。

（二人の関係性が変化してるのか……。やっぱり不穏分子は、もっと早く取り除いておくべきだったたな）

グレンなど所詮《しょせん》はモブキャラの一人。これといった権限もないし、放っておいてもたいした障害にはなるまい。

そう油断したのが、そもそもの間違いだった。

現にオルティガはまだ生きているし、それどころかこちらに不信感まで抱いてしまっている。これは非常にやりにくい。

時間をかければかけるほど二人は親密になってしまうから、原作通りの展開を望むなら、そろそろ決着をつけるべきだろう。

仕掛けるとするならば、やはり国王主催の仮面舞踏会か……。

「あっ、マルク！　オルティガ様を見ませんでしたか？　今日って定期報告の日ですよね？」

その時、王妃ミーアが目ざとく声をかけてきた。

今日はいつもよりやや気合いの入った格好をしており、胸の膨らみを強調するようなドレスを着ている。

「今日はオルティガ様に誠意を見せるために、パーティー用のドレスを着てみたんです。前回の訪問着では、やはり見栄えが悪かったかなと思いまして。これならオルティガ様も、素直にお茶をしてくださいますよね？」

「ええ、よくお似合いです」

相変わらずこの王妃様は、自分に都合のいいことしか考えていないようだ。

というかあんた、自分で毒入りの蜂蜜を送ったのに、その結果どうなったか気にならないの？　普通だったら「上手くいったのか」とか「誰が被害に遭ったのか」とか、確認するものだけど。

（そのオルティガが毒を飲んでいた可能性もあるのにね。もう蜂蜜を送ったことも忘れちゃってるのかな）

本当に、どこまでも頭空っぽの王妃様だ。

だからこそ「都合のいい王妃」として大貴族たちに選ばれたのだが……あまりに馬鹿すぎるのもマルクとしては都合が悪い。彼女を利用するのも、そろそろ潮時かもしれない。

「それで、オルティガ様はどこにいらっしゃいますか？　マルク、お友達だから知っていますよね？」

「いえ、それが……先ほど前庭でオルティガと会ったのですが、あの後すぐに帰ってしまったようでして」

「えええ!?　そうなんですか？　どうして引き留めておいてくれなかったんです？」

「申し訳ありません。王妃様のご意向を申しつけられていませんでしたので」

「もう……それくらい察してください。マルクは頭がいいのに、肝心なところで気が利きませんのね」

……うん、決めた。こいつもまとめて断頭台行きだ。

マルクは黒い感情を表に出すことなく、にこやかにミーアを宥《なだ》めた。

「そう焦らずとも、定期報告の日はまたやってきます。それに、陛下は近々仮面舞踏会を開くおつもりだとか。そこでなら、必ずグロスタール侯に会えると思います」

「まあ、そうなのですか？　その舞踏会はいつになりますの？」

「詳しい日程はまだ。いろいろと準備がありますので、秋くらいになるかもしれません」

「そうなのですね。では、わたくしもそれまでに衣装の準備をしておかないといけませんわ。とっておきの衣装を作って、今度こそオルティガ様を射止めてみせます！」

「応援しております。……ただ、グロスタール侯の側には常に黒髪の側近が控えていますので、ご注意ください」

「えっ……？　その側近は亡くなったのではないのですか？　わたくし、ちゃんと毒入りの蜂蜜を送りましたよ？」

「……王妃様、ここは廊下です。そのような物騒な話はなさらない方がよろしいかと」

「あっ……そ、そうでした。えっと、今の誰にも聞かれていませんか？」

「ええ、おそらく。ですが今後は気をつけてください」

そう念を押し、マルクは淡々と説明してやった。

「残念ながら、例の側近はまだ生きています。今日もピンピンした様子で、オルティガの定期報告に付き添っておりました」

「まあ……！　どうしてその側近は邪魔ばかりしてくるのかしら。側近の分際で、生意気すぎますわ！」

勝手に怒り始めるミーア。

「こうなったら、もっと直接的に二人の仲を引き裂くしかありません。何かいい方法はないのですか？」

「……さあ、それは。彼らの絆《きずな》はなかなかに強固ですから」

「マルクなら何か考えつくでしょう？　わたくし、なんとか舞踏会までにケリをつけたいんです。舞踏会では、誰にも邪魔されずオルティガ様とお話ししたいんです」

あんたの願望なんて知らないけど……と、心の中でツッコむ。

が、ここで彼女の願望を利用しない手はない。ミーアが「誰にも邪魔されずオルティガと話したい」というのなら、それを叶《かな》えるフリをしてやるのもいいだろう。

「側近を締め出したいだけなら簡単です。仮面舞踏会の参加者を、『一家の当主及びその血縁者のみ』に限定すればいいんですよ。そうすれば側近は会場には入れず、邪魔をされることもなくなります」

「確かに……。さすがマルク、本当にすごいですわ。どんどんアイデアが湧《わ》いてきますのね。困った時はマルクに相談すれば安心できます」

「お褒めにあずかり光栄です」

「では、そうしてくれるように陛下にお願いしてきてくださいな。マルクの言うことなら、陛下も素直に聞きますものね」

「承知いたしました。……では」

深く一礼し、マルクはミーアのもとを離れた。

これ以上ミーアに入れ知恵する気はない。表面的なコミュニケーションはとるが、正直彼女の利用価値は地の底まで落ちてしまっている。

(廊下のド真ん中で『毒の蜂蜜を送った』って言えちゃうとか……。公共の場で喋《しゃべ》ったらマズいことが全然わかってないんだな、あの女……)

ミーアのことは、次の仮面舞踏会で切り捨てよう。

どうせ最初からオルティガと一緒に罠に嵌めるつもりだったし、いろいろ腹立たしくなってきたから処刑することに抵抗はない。

そんなことより、もう一方の罠を張らなくては。

「陛下、マルク・アンドラスでございます」

「入れ」

執務室の扉が開き、国王ジョセフが見えた。

名門貴族からの定期報告は終わり、それぞれの課題をまとめて内政に反映させる作業に入っているようだった。

（仕事熱心な方だよ、まったく）

オルティガに言われるまでもなく、ジョセフには何かと重用されている。

ジョセフは現在「大貴族の顔色を窺うのではなく、自分のやりたい政治をしたい」という方向に考えが傾いており、権力を握っている名門貴族とは別の、全く関係ない寒門出身者を優遇してくれる傾向にあるのだ。

マルクはそういった事情を上手く利用し、ジョセフに近づいたのである。こうして国王の執務室に入っていけるのも、ジョセフの優遇あってこそだ。

（ま、国王が実権を握るには、寒門出身者を重用するのが一番手っ取り早いからね。名門貴族への牽制《けんせい》にもなるし）

立場は全然違うものの、何もないところから長い年月をかけて権力を取り戻そうとするジョセフの姿勢は、好感が持てた。毎日真面目に職務に取り組んでいるところも、嫌いではなかった。

ジョセフの権力が強まれば必然的にマルクの出世も早まるし、そういう意味でもジョセフにはこの調子で頑張ってもらいたい。

「……して、ミーアの様子はどうだった？」

ジョセフが羽ペンを置いて、こちらを見てくる。

最近は内政だけでなく王妃ミーアの存在も悩みの種になっているのか、彼女の動向を探るよう命令されることが増えていた。

マルクは頭を下げながら報告した。

「はい。ミーア様は相変わらず、美形の臣下に目がないご様子です。最近はグロスタール侯に熱を上げており、陛下主催の舞踏会でアピールする気満々のようです」

「……やはりそうか。あまり踏み込みすぎると浮気になるというのに……あやつは自分が王妃であることをわかっていないのか？」

「いえ、王妃としての権利はきっちり行使していますので、自覚はしていらっしゃるのでしょう。ロータス離宮を勝手に建造したのがいい例です。最近は兵の一部を勝手に借りて、外に出かけてもいるみたいですね」

「……。困ったものだ。やはり最初から甘やかしすぎたのかもしれない。ロータス離宮を作ろうとした時に、止めるべきだったか」

重苦しい溜息をつきつつ、ジョセフは肩を落とした。

「それで、肝心のグロスタール侯はどんな反応なのだ？」

「はい……。あくまで自分の感想ですが、グロスタール侯もまんざらではないように見えました。ミーア様は若くてお美しいですし、積極的にアピールされて揺らがない男などいないと思います。あの二人がよからぬ関係に発展するのも、時間の問題かと」

もちろん、これは真っ赤な嘘である。

ミーアがオルティガに熱を上げているのは本当だが、オルティガはミーアに興味はない。オルティガと相思相愛なのは、側近のグレンだ。

だがここに至っては「言った者勝ち」である。

重用しているマルクの発言ならより信憑性《しんぴょうせい》が増すし、ミーアと一緒にオルティガまで疑ってくれればこちらとしては万々歳だ。

マルクは続けた。

「またミーア様は、仮面舞踏会の参加者を『一家の当主及びその血縁者のみ』に絞るよう希望していらっしゃいます。グロスタール侯の傍らには常に側近が控えておりまして、ミーア様との逢瀬《おうせ》を邪魔されがちなのです。その側近を排除するために、『一家の当主云々《うんぬん》』に限定したいのだと思われます」

「……そうか。グロスタール侯め……舞踏会に賛成の意を表明していたが、まさかそんな裏があったとはな。あやつは裏表のない好青年だと思っていたが……」

案の定、ジョセフはオルティガに対して疑心暗鬼になり始めた。

ここまできたら、あとはもう簡単である。

「では、あえて二人を泳がせてみてはいかがでしょうか」

今思いついたかのように、マルクは提案してみせた。

「もし二人にその気があるのなら、必ず人気のない場所で密会しようとするでしょう。ミーア様のことですから、そのままロータス離宮にグロスタール侯を連れ込むかもしれません。そこを咎めるのです」

「……。だが、それだけでは本当に浮気とは断言できんぞ。ただ親密に話をしていただけでは、姦通罪には問えん」

「いえ……それが、先日ミーア様のお部屋でこのような手紙を発見しまして」

と、マルクは一通の手紙を差し出した。

あらかじめミーアの筆跡を真似て偽造したラブレターだが、それをジョセフに読ませたら案の定わなわなと震え出した。

「『わたくしの気持ちを示すために、あなたにダイヤの首飾りを贈ります』……だと？　なんだこれは！」

手紙をぐしゃりと握り潰し、怒りを滲《にじ》ませているジョセフ。

「ダイヤの首飾りとは、私が結婚記念に贈ったあの首飾りのことだろう？　そんなものをグロスタール侯に贈ったというのか？　ミーアは一体何を考えているんだ！」

「陛下のご苦悩は察するに余りあります。ですがその手紙は、まだ出される前のもの。首飾りは贈られていないかもしれません」

「……つまり何が言いたい？」

「その首飾りをつけて、舞踏会に出席するようミーア様に命令するのです。もしミーア様が首飾りをつけて出席すれば、陛下も安心できるでしょう」

「ふむ、一理ある。では、つけていなければ？」

「……手紙の内容通りかと。残念ながら、ミーア様の浮気は確実となります」

そう言ったら、ジョセフは深い溜息をついて頭を抱えた。

マルクはさらに言った。

「国のために取り組まなければならない課題は山積みです。にもかかわらず、王妃様のことで悩まれるのは陛下の精神的負荷が大きすぎます。心の安寧のためにも、この機に不穏分子は全て取り除いてしまうのもひとつの手かと」

「不穏分子、か……」

「ミーア様は、大貴族が勝手に選んだ王妃様です。陛下にはもっとふさわしい王妃様がいらっしゃいます。貴族の顔色を窺うことなく、今度はご自分の目で、ふさわしい女性をお選びくださいませ」

悪魔の囁《ささや》きのように、穏やかに微笑んでみせる。

ジョセフは渋い顔をしたまま、机を睨みつけていた。

ここまで言えば、もう十分だろう。

「……話はわかった。下がってよい」

「はい、失礼いたします」

マルクは表情を変えることなく、ジョセフの執務室を後にした。

これで「オルティガ破滅フラグ」は立った。あとは自分が上手く裏工作するだけ。

(さてと……最後の仕上げに取りかかろうかな)

原作通りの結末を迎えるために。

グレン、オルティガ……今度こそ決着をつけてやるよ。

マルクは自分の部屋に戻り、細工に使う道具を準備した。
長年愛用してきたピッキング用のヘアピンを手にしたら、自然と笑みがこぼれてきた。

7

それから三ヶ月後、国王ジョセフ主催の仮面舞踏会が開かれることとなった。

グレンとオルティガはその間にみっちり作戦を協議し、細部までしっかり準備した上で舞踏会に臨むことになった。

「……でも、やっぱり行きたくないな。行かなくて済むならそれが一番なんだが」

一緒に舞踏会用の衣装に着替えている最中、オルティガがやれやれと息を吐いた。

「立ち振る舞いも練習し直したけど、ボロが出たらどうしよう。俺、肝心なところで変なミスしがちだからなぁ……」

「そこは頑張ってもらうしかないな。せっかくマルクと決着をつけられるチャンスなんだから、ちゃんとケリをつけてこよう」

「まあ、な……。しかし本当にすまない、最初から最後までずーっと巻き込みっぱなしで。今回の作戦考えたのもお前だし、俺はただ乗っかってるだけなんだよな……。当主ともあろう者が情けないよ」

「いいんだよ。俺はオルティガの役に立てて嬉しいんだ。それに最初に言ったはずだぞ？　あなたのことは俺が守るって」

「それは俺の台詞だ。俺だってグレンを守りたいんだよ。俺の代わりに何かあったら、俺は死んでも死にきれん」

「じゃあ、お互いに守り合うってことでいいな？　とにかく、今は舞踏会のことに集中しよう。衣装はちゃんと着られたのか？」

「あー……っと、ちょっと待ってくれ。このリボン、どうやって結ぶんだ？　普段と違うから勝手がわからん」

　オルティガの着付けを手伝いつつ、グレンは作戦内容を頭の中で反芻《はんすう》した。

（……大丈夫、上手くいく。言動に気をつければ、おかしなところはないはずだ）

　着付けが完了し、お互いに姿を確認する。我ながら完璧《かんぺき》な格好だ。

　舞踏会用の馬車に乗り込み、王宮に出発する。

　その道中、グレンはオルティガの鞄《かばん》の中を確認した。

「……よし、中身はバッチリだな。招待状はどこに入ってる？」

「あ、それは俺が持ってるわ。お前に渡しとくな」

　オルティガから招待状を受け取り、胸ポケットにしまっておく。

これで準備は整った。

王宮に到着した時には既に夕方になっていて、舞踏会が始まる時刻が迫っていた。

舞踏会自体は第一宮殿の「ミモザの間」で行われるみたいだ。

早速仮面をつけ、扉のすぐ横に立っている警備兵に招待状を提示する。

その警備兵はやや怪訝な目をしていたが、

「彼は俺の従兄弟《いとこ》なんだ。従兄弟も立派な血縁者になるし、問題ないだろ？」

と言いくるめ、二人で会場に入ることに成功した。

（すごい賑《にぎ》わいだな……）

大勢の貴族が仮面をつけたまま談笑しており、華やかな雰囲気に溢れている。誰も彼も煌《きら》びやかに着飾っていて眩《まぶ》しいくらいだった。

（さて……ここからが本番だ）

会場内を歩き回り、仮面越しに顔見知りの貴族に挨拶《あいさつ》していると、

「オルティガ様！」

人波を縫って、ミーアが小走りに近づいてきた。

桃色の髪を結い上げ、肩や胸元が大きく開いたドレスを着込み、派手な化粧をして一段と気合いが入っているようだった。

　というか、仮面舞踏会なのに彼女だけ仮面を着けていないのはどういうことだろう。首元のアクセサリーもないし、胸元にかけての露出が激しすぎる。

（……やれやれ。相変わらず周りにどう見られるか、全然気にしていないんだな）

　ひそひそと「なんてはしたない格好」と噂《うわさ》している貴婦人もいるのに、この少女には全く届いていないらしい。

　やや呆れながらもグレンはオルティガに目配せし、一度その場で別れることにした。

　彼が離れていったのをいいことに、ミーアは大喜びでこちらに抱きついてきた。

「オルティガ様、お会いしたかったですわ！　定期報告の時を狙っていたのに全然お会いできなくて寂しかったんですよ」

「ミーア様、人が見ています。王妃様ともあろう者が、人前でこのような真似をしてはいけません」

「え？　でも舞踏会って、こうやってコミュニケーションをとる場でしょう？　何も問題ありませんよね？」

「いいえ、それは……」

「さ、オルティガ様。邪魔者はおりませんし、今度こそ二人きりでゆっくりお話ししましょう？　わたくしのロータス離宮にご招待しますわ。是非いらしてくださいませ」

ぐいぐいと腕を引っ張ってくるミーア。

招待というより連行に近かったが、果たしてこのまま場所を移動していいのかどうか。

今ひとつ判断がつかなかったので、時間稼ぎも兼ねて彼女を窘《たしな》めてみた。

「ミーア様、もう少し慎みましょう。このようなところを陛下に見つかったら、なんと言われるかわかりませんよ」

「大丈夫です。陛下はいつも『好きにしていい』と仰《おっしゃ》ってくださいます。それに、周りの目ばかり気にしても仕方がありませんわ。自分のやりたいことをやるのが楽しく生きるコツですよ？」

「それは……ある意味では、立派な心がけかもしれませんが」

「でしょう？　なのでオルティガ様も、素直になってしまっていいんです。領主の仕事なんてさっさと辞めて、一緒にロータス離宮で暮らしましょう」

「………」

「さあオルティガ様、こちらですわ」

これ以上時間稼ぎもできなかったので、仕方なくミーアに連行されてやることにした。

一応これも想定内の出来事だから、慌てる必要はない。

ミモザの間からロータス離宮は、思った以上に近かった。

バルコニーから外に出て、歩いて一分くらいのところに離宮の廊下があり、離宮からでも舞踏会の様子が筒抜けだった。

「こちらにおかけになってくださいませ」

と、豪華に装飾されたテーブルの前に座らされる。

テーブルには赤ワイン、白ワイン、それにふさわしいツマミ等、贅沢な嗜好品《しこうひん》ががっつり用意されていた。

明らかにこちらを酔わせる気だな……と、彼女の浅はかさにげっそりしてしまう。

「それでオルティガ様、いつこちらに引っ越してこられますか？　日取りが決まったら、お手伝いの兵を派遣いたしますわ」

「ミーア様。先日も申し上げた通り、私には領地の仕事があります。ロータス離宮に引っ越すつもりはございません」

「もう……そういうの、よくないと思います。なんでもかんでも自分で仕事しなきゃって気負ってばかりでは、万が一オルティガ様が倒れたら何もできなくなってしまうではありませんか。代わりの人間を教育するのも、領主の務めだと思いますわ」

内容自体はかなり真っ当なのだが、ミーアが言っても全く説得力がない。

「それにオルティガ様は、ずっと仕事ばかりで気が休まる時がないでしょう？　ロータス離宮に来れば仕事は最低限で済みますし、空いた時間は自分の好きなことをして過ごせますよ？　楽しいことだらけではありませんか」

「それでもお断りします。領主が遊んでいては、下の者に迷惑がかかってしまいますので」

「下の者の迷惑なんて考えなくていいんですよ。そんなことより、オルティガ様自身の方が大切です」

「…………」

「というか、どうしてそこまで頑《かたく》なに断るんですか？　わたくしは王妃ですよ？　そんな人から誘われているんですよ？　普通は喜ぶところでしょう？」

「……生憎、そういう性分なのです。たとえ王妃様であっても、自分の意志を曲げることはできません」

「もう……本当にオルティガ様はつれないですね……」

ミーアがわざとらしく肩を竦める。

そして赤ワインの瓶を手に、こちらに擦り寄ってきた。

「そんな頑なな人には、こちらのワインが一番です。これを飲めば緊張も解《ほぐ》れますし、どうぞ仮面を外してご賞味くださ……」

「何をしている」

　ミーアが強引にワインを注《つ》ごうとした時、低く鋭い声が聞こえてきた。

　仮面をつけた中年男性が、つかつかとこちらに歩いてくる。

　仮面を外したその人は、やはり国王ジョセフ本人だった。

「へ、陛下……!?　ご、ごきげんよう。挨拶回りはもう終わったのですか？」

　しどろもどろになりながら、引き攣《つ》った笑みを浮かべるミーア。

　だがジョセフは冷たい目で彼女を睨み、低い声で一喝した。

「何を言っている。こういった社交場では、夫婦揃って挨拶回りをするのが常識だろう。お前はそんなことも知らんのか」

「え、でも……陛下は『好きにしていい』と……」

「常識の範囲内で、だ。マナーを逸脱して好き勝手やっていいとは言っておらん」

「そ、それなら最初からそう仰ってくだされば……」

「お前がここまで非常識だとは思わなかったのでな。うるさく言うのもどうかと思ったが、今日という今日は灸《きゅう》を据えねばならん」

　さすがのミーアもジョセフ相手では反論できないのか、青い顔をして押し黙った。

　ジョセフは、畳みかけるように彼女に問いかけた。

「時にミーア、つけろと命じた首飾りはどうした。結婚記念に贈った、ダイヤのついた首飾りだ」

「えっ……？　あ、それは、その……このドレスには似合わない代物ですから、つけるのをやめましたの」

「ほう？　ならば首飾りを今すぐここに持ってこい。つけていなくても構わん、実物を私に見せてくれ」

「えっ⁉　いえ、それは……あれは厳重保管してありますから、そんなすぐにお見せすることはできませんわ」

「構わん、いつまでも待とう。さあ首飾りを持ってこい」

「で、でも、あの……」

ミーアは、あたふたとジョセフとこちらを交互に見ている。

だが誰からも助け舟を出してもらえないとわかると、降参したように深く頭を下げ始めた。

「も、申し訳ありません！　本当はあの首飾り、失くしてしまったんです。金庫にしまってあったのに、いつの間にかなくなっていたんです」

「なくなっていただと……？」

「はい……一週間前にわたくし、首飾りを磨かせようと思って金庫を開けたんです。でもその時にはもう首飾りはなくなっていて。どこを探しても見つからなくて、わたくし、本当にどうしようかと……」

「嘘をつくな！　お前が男の気を引くためにプレゼントしたんだろう！」

「えっ……？」

そう怒鳴られ、ミーアはぽかんと口を開けた。

すぐには何を言われたのか理解できなかったようだったが、自分が疑われていることを知り、ますます顔を青くする。

「ち、違います！　わたくし、そんなことしていません。本当です！」

「信じられるか！　こんなところで堂々と浮気しているお前など……。私と無理やり結婚させられて、哀れに思ったのが間違いだった。お前を自由にさせたのは失敗だったわ！」

「そ、そんな……わたくしは……」

「オルティガ・グロスタール、貴様もだ！　真面目な顔をしてよくも私を裏切ってくれたな！　貴様こそ厳罰に処してやるから覚悟してお……」

「お待ちください、私はオルティガ・グロスタールではございません」

ジョセフと正面から向き合い、ゆっくりと仮面を外す。それと一緒に金色の鬘《かつら》も外れた。

その下からは、艶《つや》やかな黒髪とグレンの顔が現れた。

「……!? 誰だ、お前は？」

「オルティガ・グロスタールの側近、グレンと申します。以後お見知りおきを」

改めて深々とお辞儀をする。

そう。第一の作戦は、オルティガとグレンの衣装を入れ替え、お互いに成りすますことだった。肩幅を合わせるのにやや苦労したが、背丈がほとんど同じだったので身長を考慮しなくてよかったのも大きい。

「どういうことだ……？ ミーアと浮気していたのはグロスタール侯ではなかったのか……？」

「その件について、いくつか誤解があるようですのでここで弁明させていただきます。我が主《あるじ》オルティガ・グロスタールは、ミーア様と浮気などしておりません」

「なんだと……？」

「定期報告で王宮を訪れる際も、妙な噂を流されないよう細心の注意を払っております。ミーア様と接触することは極力避けてきましたし、思わせぶりな態度もとらないようにしてきました。『ロータス離宮に来るように』とのお誘いもずっと断り続けていますし、疑われるようなことは何ひとつしておりません。我が主は無実です」

はっきりした口調で言い切ってやる。

「それと、以前ミーア様が約束なしで我が領地に乗り込んできたことがありましたが、『会えない』とお断りしているのに兵士を引き連れて正門を強行突破されたこともございました。今もまた、私をオルティガだと勘違いして強引に離宮に誘い込んでおります。何度か諌めましたが全く聞く耳を持ってくれず、『自分のやりたいことをやるのが楽しく生きるコツ』などと仰っておりました。失礼とは存じますが、王妃様ともあろう者がそのように振る舞われるのは如何《いか》なものかと」

「そ……そんな、そんな言い方あんまりですわ！　わたくしを騙しておきながら被害者ヅラするなんて！」

と、ミーアがこちらの非難をし始める。

「だいたいわたくしが積極的にならざるを得なかったのは、オルティガ様がいつも素っ気なさすぎるからでしょう！　オルティガ様がすぐに『ロータス離宮に来る』と言ってくれれば、わたくしだってこんなことはしませんでした。王妃として命令もできたのに、それをしなかっただけ優しいじゃないですか。だから悪いのはオルティガ様です。わたくしは絶対に悪くありません」

「黙れミーア、見苦しい」

ピシャリとジョセフに言われ、ミーアの言葉が止まった。

「お前はグロスタール侯に誘いを断られたのだ。それなのに、いつまでもしつこく誘い続けるとは何事だ。しかも約束なしに領地を訪れた挙句、兵士を引き連れて門を破壊しただと？　そんなこと初めて聞いたぞ。一歩間違えば戦争になるところだ。恥を知れ、恥を」

「だ、だってわたくし……」

「もう喋るな。馬鹿を晒《さら》すだけだ」

ストレートに「馬鹿」と言われ、さすがのミーアもぐすんと鼻を鳴らした。

ジョセフは深々と溜息をつき、気持ちを落ち着かせるようにテーブルにあったワインを一杯飲んだ。

そしてワイングラスを置くと、再度こちらに向き直ってきた。

「……話はわかった。が、それなら本物のグロスタール侯はどこにいるのだ？　あやつが出てこなければ、私も全面的にお前の話を信用するわけにはいかんぞ」

「こちらにおります、陛下」

声とともに、オルティガが仮面を外した状態で現れた。

利き腕でマルクの腕を摑んでおり、見せつけるようにジョセフに差し出している。

「グロスタール侯……？　それにマルク……？　一体どういうことだ……？」

「この者が、私の鞄に首飾りと手紙を仕込んでいるところを捕まえました。鞄は馬車の中に置いてきたのですが、馬車を見張っていたら首飾りを持って現れたのです」

そう、これが第二の作戦。罠を仕掛けにくるマルクを、逆に嵌めてやることだった。

原作小説の中で、ミーアとの姦通罪の証拠になったのはダイヤの首飾りである。であるならば、マルクは必ずオルティガの鞄に首飾りを入れにやってくるはずだ。

それを見越してオルティガは馬車の近くで待機し、現れたマルクを捕縛したのである。

「えっ⁉　首飾りを盗んだのはマルクだったのですか？　一体どうやって……」

「そんなもの、どうにでも盗めますよ。あんたの金庫はガバガバですからね」

驚いているミーアを嘲笑《あざわら》うかのように、マルクが言った。まるで開き直っているかのような態度だった。

「まあでも、バレてしまったので返します。ちょっと汚れてしまいましたので、後で磨いといてください」

マルクがテーブルの上に首飾りを置いた。

首飾りにはねっとりとした液体がこびりついていて、ほんのりと甘い香りが漂っている。

ジョセフが訝しげに眉を顰《ひそ》めた。

「これは……蜂蜜か？」

「はい。あらかじめ、鞄が開いたら蜂蜜がこぼれるような細工を施しておきました。万が一取り逃がしても言い逃れできないよう、証拠が残るようにしたかったので」

「その蜂蜜が首飾りについているということは、つまりそういうことか……。私はまんまと騙されていたようだな……」

鋭い目つきでジョセフはマルクを睨んだ。唸《うな》るような低い声を出し、怒りを露《あら》わにして歯軋《はぎし》りをしている。

「よくも裏切ってくれたな、マルク……。寒門出身者のお前をこんなにも目にかけてやったのに……お前だけは絶対に許さんぞ！」

「はて……妙なことを仰いますね、陛下。私は、陛下を裏切ったつもりはありませんよ」

「何……!?」

「よくお考えください。私は『ミーア様はグロスタール侯に熱を上げている』、『グロスタール侯もまんざらではないように見えた』と言っただけです。客観的な事実ではなく、私が見て『こう思った』という感想を述べたにすぎません。それは嘘をついたことになりますか？　あくまで思ったことを述べただけなのに、陛下を騙していることになりますか？」

ジョセフが複雑な顔をして口を閉ざした。

マルクはいつもの調子で続けた。

「私は寒門出身者なりに、陛下の力になろうと奮闘してきました。ミーア様に取り入り、動向を探り、逐一陛下に報告してきました。それを裏切ったなどと評されるのは、あまりに理不尽かと。そもそも陛下は名門貴族たちから権力を取り戻し、自分の思い描く政治をしたかったのでしょう？　その一環で、寒門出身者を優遇したのではないのですか？　それならなおさら、ここで私を罰するのは悪手でございます。名門貴族たちにつけ入らせる原因にしかなりません」

「…………」

「陛下は聡明《そうめい》なお方です。仕事熱心で国王としてもふさわしい。なればこそ、ご自分の権力を取り戻すまでは名門貴族に対して毅然《きぜん》とした態度をとらなくてはなりません。まずは大貴族の打算で選ばれた現王妃を排斥し、全く関係ない寒門出身者から新たな王妃様を迎えることが賢明かと存じます」

話題を思いっきり逸らし、勢いのままジョセフを丸め込もうとしている。このままではマルクの思う壺《つぼ》だ。

「陛下、お待ちください」

オルティガが会話に割って入った。

彼はあえて冷静な口調で意見を述べ始めた。

「確かに、感想レベルの報告をしただけでは陛下を裏切ったことにはならないかもしれません。ですが、マルクがダイヤの首飾りを盗んだことは事実です。あれは陛下がミーア様との結婚記念に贈った貴重なもの。そんな貴重品を盗む輩《やから》を、このまま陛下の近くに置いておくのは危険でございます」

「…………」

「陛下が、我々名門貴族を疎ましく思っているのは承知しています。ですがそのことと、マルクを許すこととは話が違います。寒門出身者を優遇するのは賛成ですが、それはマルクではありません。マルクは陛下にもミーア様にも嘘をつき、我々を貶めようとした。大切な首飾りを盗み、こちらに罪をなすりつけようとした。どう言い訳しようと、それだけは揺るぎのない事実です」

「…………」

「陛下、どうかご英断を」

ロータス離宮に重苦しい空気が流れた。舞踏会のざわめきも遠くに聞こえた。

やがて長い息を吐くと、ジョセフは疲れたようにこう言ってきた。

「……この場では判断できん。関係者全員の話を聞き、総合的に判断した後、お前たちの沙汰《さた》を決定する。それまでは各々屋敷で蟄居《ちっきょ》せよ」

「はっ……」

「……ここまでくるともう、誰を信じていいかわからんな」

そう言い残し、ジョセフは力なくその場を立ち去った。

複数人からの裏切り（疑惑も含め）を一気に味わわされ、さすがに疲弊してしまったようだった。

「……逃げないんだな、マルク」

残されたオルティガが、同じくその場にいるマルクに話しかけている。

「お前のことだから、俺に見つかっても上手い具合に逃げるのかと思ってたぞ。それが、おとなしく連行されるなんて……」

「逃げ方は心得ているよ。それに、手にも首飾りにも蜂蜜がべっとりついていたら証拠として大きすぎる。さすがに諦めざるを得ないね」

「…………」

「おめでとう、やっと僕を止められたじゃないか。これで二人にとってはハッピーエンドだ。よかったね」

「お前……」

「それじゃ、僕は行くよ。これ以上ここに用はないんでね」

いともあっさりその場から離れていくマルク。

策謀が露見して追い詰められても、いつもの飄々《ひょうひょう》とした態度を崩すことはなかった。

そんなマルクの背に、オルティガは最後の質問を投げかけた。

「ひとつだけ聞かせてくれ。どうして自ら鞄に首飾りを入れに行ったんだ？　お前だったら、他の誰かをけしかけて首飾りを入れに行くこともできたじゃないか」

「ああ、そんなこと？　そりゃあきみ、他の誰かに頼んだら証拠が残っちゃうだろ。口封じするにしても、遺体を始末するのは大変なんだよ。それなら今回は、最初から全部自分でやった方がいいと思っただけさ」

「そんな理由で……？」

「そんな理由さ。きみたちと違って、僕には信用できる人が側にいないもんでね。……ホント、きみたちみたいな関係が羨《うらや》ましいよ」

嫌味ともつかない台詞を吐いて、今度こそマルクは立ち去っていった。

なんとも微妙な空気が流れたが、それを明るい声でぶち壊す人が残っていた。

「えっと……それで、わたくしは許されたのですよね？　よかったですわ」

ミーアがそんなことを言い出す。ここまでくると、彼女の勘違いした思考が羨ましくなってきた。

「なら、隠れてこんなことをする必要はありませんわね。オルティガ様、早速わたくしの個室に……」

「いえ、我々はもう帰ります」

「えっ⁉　そんな、まだ夜は長いのに……」

「陛下から蟄居の命を受けました。これ以上王宮にはいられません」

「ええと……ちっきょ？　ってなんですか？　よくわからなかったのですが」

「屋敷に籠《こ》もって謹慎することです。では、我々はお先に失礼します」

「ちょ、ちょっと！　オルティガ様、待ってください！」

ミーアの声を無視し、オルティガは早足で王宮を離れた。グレンも一緒について行った。

停《と》めてあった馬車の扉を開けた途端、こぼれた蜂蜜の匂《にお》いが漂ってきた。甘ったるい匂いが、今は胸に重かった。

「はぁ……やっと終わった。これでいつも通りの生活に戻れるぜ」

馬車が動き出し、オルティガが自分の肩を揉《も》んだ。

「作戦もなんとか成功したし、よかったな。これでしばらくは枕《まくら》を高くして眠れるんじゃないか？」

「それはそうだが、本当にあのまま解散でよかったんだろうか……」

グレン自身は、あまりスッキリしない感覚が残っている。

あれだけ必死に作戦を考え、とりあえず容疑を晴らすことには成功したものの、肝心のマルクを牢《ろう》にぶち込むことができなかった。「蟄居」という命令は受けたが、ミーアなどはその意味もわかっていなかったし、この先一体どうなるのだろう。

ジョセフがどんな判断を下すのか、非常に気がかりだった。

「うーん……でも、陛下が『牢に入ってろ』って言わなかったのに、自分から牢に入りにいくのは違うだろ。とりあえず陛下が判断を下すまで、おとなしく屋敷で仕事してよう」

「……まあそうだな。あまり理不尽な判決を下されなければいいが……」

「陛下はそこまで馬鹿じゃないよ。今はショックを受けてるかもしれないが、関係者の話も聞いて総合的に判断するって言ってたし、きっと冷静に判断してくれるだろう」

「あなたは本当に呑気だな……。まあ、今は陛下を信じて待つしかないが」

万が一オルティガに重罰が下されるようなことがあったら、彼の無実を改めて訴えに行くつもりでいる。誰がなんといおうとオルティガは無罪であり、なんの落ち度もないのだから。

グレンは険しい顔で馬車の外を見た。三日月がニヤリとこちらを見下ろしていた。

8

それから二ヶ月後、オルティガ宛に国王ジョセフからの封書が届いた。

どんなことが書かれているのかと二人でドキドキしながら内容を確認したら、そこにはシンプルにこんなことが記されていた。


『オルティガ・グロスタール侯爵を、ナバデア地区の辺境伯に任命する』


それを見た時、小さく「えっ」という言葉が漏れた。

紙の裏側も見てみたが、どういう経緯でそういう判断に繋がったのか詳しいことは何も書かれていなかった。

「あー……とうとう辺境に飛ばされる日が来ちゃったか。ナバデア地区ってここから南西に行ったところだっけ？　ヘンデル辺境伯がいる場所とは、また違うんだよなぁ」

当のオルティガは、思ったよりあっけらかんとした反応だった。

これといった不安は抱えておらず、異民族と戦う恐怖も感じていないようだった。

「……いいのか？　領地を離れることになるんだぞ？」

「いいも何も、陛下の命令だし。他の辺境伯だって領地を離れて任に当たってるんだから、俺にだってできるさ」

「じゃあ、オルティガがいない間の領地運営はどうするんだよ？」

「それはまあなんとかなるだろ。それより、定期的に王宮に行く必要がなくなったんだぜ？　そっちの方が喜ばしくないか？」

などと、呑気なことを言っている。

首飾り事件に関する最終判断がこれなら、オルティガにとって不都合はないし、むしろ渡りに船なのだろうけど……。

（でもこれ……都合よく使われているだけじゃないのかな）

辺境伯に任命されるのは、貴族にとって名誉なことだ。

だが、グレンには「体のいい厄介払い」としか思えなかった。

──グロスタール侯自身は無実なのだろう。が、完全に疑惑が晴れたわけではない。だから異民族と戦って国境を守備し、国への忠誠心を示してこい……。

そんなジョセフの思惑が透けて見える。

それにオルティガが辺境に行くということは、その任が解かれるまで離ればなれになってしまうということだし……。

「あの、さ……グレン」

不意に、オルティガが歯切れの悪い口調で呼びかけてきた。

ちらちらとこちらの顔色を窺い、視線も泳がせてなんだか落ち着かない様子である。

「俺はナバデア地区に行くけど、お前はどうする？　ここに残る？」

「……は？」

「や、俺としては本当にどっちでもいいんだ。お前の好きなようにしてくれて構わない。だから正直な意見を聞かせて欲しい」

「…………」

グレンはぎゅっと拳《こぶし》を握り締めた。

(どっちでもいいってなんだよ……。こっちはいろいろ悩んでるのに……)

自分の気持ちとオルティガの幸せ、領地の都合など様々なことを天秤《てんびん》にかけているのに。

なのに、なぜこの人は全然葛藤《かっとう》しないのだろう。なんか腹が立ってきた。

「なんだよ、それ……」

「えっ……？」

「ついて行きたいに決まってるだろ！　でも、そしたら領地はどうなるんだ？　俺もアンタもいない状態で、グロスタール領が運営できるわけないじゃないか！」

「えっ!?　あ、そ、それはだな……」

「いくらなんでも、自分の気持ちを優先して全領民を見捨てることはできない。そしたら必然的に、俺はここに残ることになる。アンタが辺境に行く以上、俺の留守番は決定事項なんだよ！」

「いや、その……」

「そんなのちょっと考えればわかることだろ！　わかってるくせに、そんな意地悪なこと聞くな。ホンットにアンタは、時々人の気持ちに鈍感すぎて腹立たしいよ！」

ひとしきり怒鳴りつけた後、深く呼吸してどうにか気分を落ち着かせる。

そして今度は呟くように言った。

「……というか、どっちでもいいって発言はさすがにおかしいだろ。あなたは、俺と離ればなれになっても構わないっていうのか？　選択肢はひとつしかないとはいえ、『一緒に来て欲しい』とかそういうことは言わないわけ？　あなたの気持ちはその程度なのか？」

「い、いや、そんなことは……」

「……はあ、もういいよ。どの道、ナバデア地区に行くことは決定事項なんだ。しっかり準備して、行ってらっしゃい。くれぐれも戦死しないよう気をつけてな」

ややも投げやりな気持ちでそう言ったら、オルティガは慌てて追い縋ってきた。

「違うんだグレン。ちょっと待ってくれ！」

「何が違うんだよ？　今言ったことが全てだろ」

「いや、ちょっと言い訳させてくれ。俺だってかなり悩んだんだ。一緒に来て欲しいけど、治安の悪いところにグレンを連れていって何かあったらどうしようって。離ればなれにはなっちゃうけど、グレンはここに残ってもらった方が安全じゃないかって……」

「…………」

「それに、俺の気持ちを一方的に押しつけちゃうのもよくないだろ？　だからまずは、グレンの意思を尊重しようと思ってさ……。グレンが『ここに残る』って言っても『ついて行きたい』って言っても、本当にどっちでもいいように対応しようと思ったんだ」

「はあ」

「……でもそれが、お前を傷つけることになるとは思わなかった。お前は俺に『ついてきてくれ』って言って欲しかったんだな。全然気づかなくてごめん……反省してるよ」

素直に謝罪してくるオルティガ。

そして正面からこちらの肩をガシッと掴み、真っ直ぐに誘ってきた。

「改めて言わせてもらう。俺と辺境に行こう。ナバデア地区で一緒に暮らそう」

「……。そうしたいのはやまやまだけど、領地のことがあるだろ。一緒に行くのは不可能なんだよ……」

「や、それに関しては意外となんとかなるらしいぞ。つい最近ヘンデル辺境伯に手紙で聞いたんだが、各地域から上がってくる報告を全部まとめて辺境に送ってくれるよう頼めば、辺境にいながら領地の運営も可能なんだって」

「……はっ？」

唐突な新情報に、グレンは驚いて目を見開いた。なんだそれは？　聞いてないぞ。

「確かにそれなら、領地運営は可能だよな。辺境にいる人たちはどうやって領地を管理してるんだろうって不思議に思ってたんだが、そういうことなら納得……」

「それを早く言えよ！　そんな重要な情報、小出しにするんじゃない！」

「ぶべっ……！　す、すみません！　俺が悪かったです！」

思わず引っぱたいてしまったが、これくらいは許されるだろう。

（まったくこの人は本当に……）

肝心な時に言葉が足りない。こちらがどれだけ悩んだと思っているのだろう……困ったものだ。

「そ、それで……どうだ？　俺と一緒に来てくれるか？」

「…………」

「辺境に行く覚悟はできてるけど、知らない土地に一人で行くのはちょっと不安というか……お前が一緒の方が心強いんだが……」

「…………」

「も、もしかしてまだ怒ってる？　ごめんって……。言葉が足りなかったのは本当に悪かったよ……。反省してるから、許してくれ……」

「…………」

「あの……なんか言ってくれ。無言でいられると心臓に悪いんだ……」

「…………しょうがないな。そういうことなら一緒に行くよ」

かなりタメてそう答えたら、オルティガは脱力したように大きく息を吐いた。

「はあぁぁ……よ、よかった……。断られたらどうしようかと思った……」

「嘘でも一回断ってやろうかと思ったけどな。今回ばかりはイラッとしたし」

「……すまん……」

「まあでも、あなたは俺が見張ってないといろいろ自滅しちゃうタイプだからな。辺境に行くならなおさら、制止役は側にいないとダメだ」

「お、おう……そうだな。いろいろ迷惑かけるだろうけど、これからもよろしく頼むよ」

「はいはい……」

苦笑しながらオルティガを見たら、彼は嬉しそうに笑みを返してくれた。

そしてまたもや歯切れの悪い口調で、こんなことを聞いてくる。

「で、さ……。せっかくいろんなことのカタがついたから、ちょっと、その……どうだ？」

「は？　なんの話だ？」

「だから、その……。まだちゃんとお前に触れられてなかったし、これから準備とかで忙しくなるから、このタイミングでどうかなって……」

「……！」

「もちろん嫌なら断ってくれて構わないんだけどさ。俺としてはどっちでも……ってあれ？　これも聞いちゃいけないヤツだったか？　ごめん！」

自分で言ってて混乱している。

笑いたくなるのを堪《こら》え、グレンは自分からオルティガにキスをした。コツンと額同士をくっつけ、囁くように言う。

「まったく、本当にしょうがない人だな……。そんなふうに言われたら、俺も断れないじやないか」

「え、いいのか？　本当に？」

「ああ。でもこういうの、お互い初めてだろ？　上手くいかないこともあるだろうから、その時は焦らずに……」

グレンの言葉は途中で掻き消された。立ったまま唇を塞《ふさ》がれ、貪《むさぼ》るように口づけられる。思った以上に性急な振る舞いに、少し戸惑った。

「ちょ、オルティガ……」

「よかった……やっとグレンに触れられる……」

「……！」

「今まで溜《た》めていた分もいっぱい、いっぱい愛してやるからな」

ひょいと抱き上げられ、オルティガの寝室に連行されてしまう。上質なベッドに転がされ、起き上がる間もなくその上から覆い被さられた。

「お、おい……ちょっと落ち着けって……」

「この状況で落ち着けとか、無茶なこと言わないでくれよ。ずっと触れたくてたまらなかったんだからさ。今くらい羽目外させてくれって」

興奮していることを隠そうともせず、目元を赤らめて首筋に顔を埋《うず》めてくる。

首にキスマークをつけ、他にもいろんな箇所にキスを落としつつ、こちらのジャケットやシャツを脱がせてきた。

（本当に、ずっと我慢してたんだな……）

遊ぶのは全ての義務を果たしてから。それはナルギスに強く言われていたことだ。オルティガはその言葉を忠実に守り、ずっと職務に励んで娯楽を後回しにしていた。だから全てが終わった今、気持ちが逸《はや》ってしまうのも仕方がないのかもしれない。本当はゆっくり時間をかけて……と思ったけれど、この期に及んであれこれ我慢させるのは忍びない。ここは彼の好きにさせよう。

「っ……」

上着のみならずスラックスも脱がされ、肌着だけにされてしまう。その肌着も胸元までめくり上げられ、白い胸元にむしゃぶりつかれた。

「ん……っ」

控えめな突起を舌で転がされ、唇で挟んで吸い上げられる。もう片方の乳首を愛撫《あいぶ》することも忘れず、指先でこすられたりくすぐられたり、時折きゅっと摘《つ》ままれて、こちらの身体を存分に弄《もてあそ》ばれた。

「ああ、すごい……。グレンの身体ってこんな感じなのか……。いつも側にいるのに、全然知らなかったよ」

「ちょ……そういうこと言うなって……」

「あれ、今のダメだった？　褒めてるつもりだったんだが」

「ダメじゃないが、恥ずかしいだろ……」

「恥ずかしがることないよ、普通に綺麗《きれい》だ。俺よりちょっと華奢《きゃしゃ》だけど、そこもまたいいんだよな。興奮しすぎて歯止めが利かなくなりそうだ」

「あっ……」

「ああ、でも……もし俺が暴走しすぎちゃったらぶん殴って止めてくれよな。俺、こういうのあまり加減がわからないからさ」

「そ、そうだな……。ぶん殴られない程度に、上手くやってくれ……」

顔を上げてきたかと思ったら、下着に手をかけられ、するりと脚から引き抜かれてしまう。

股間《こかん》を覆っていた布がなくなり、外気に当てられてスカスカした。ほとんど全裸にされたこともあり、一気に本能的な不安感がこみ上げてくる。

「オルティガ……あっ」

男のシンボルを握り込まれ、そのまま上下に扱《しご》かれてしまう。

自分でもほとんど触ってこなかったせいか、官能的な刺激が新鮮で、より過敏に感じてしまった。

「っ、っ……んっ」

グレンは手の甲を唇に当て、顔を背けた。

身体が火照《ほて》っていくのがわかるからこそ、はしたなく変貌《へんぼう》する自分を見られるのが恥ずかしかった。

「……あっ」

オルティガがこちらの手を掴み、やんわりと顔の横に縫い留めてくる。

至近距離から凝視され、ますます身体が熱くなってきた。

「なあ、隠さないで全部見せてくれよ。声も我慢しないで素直に出して欲しい。こういう時のお前がどうなるのか、余さず目に焼きつけたいんだ」

「そっ……」

「初めてで戸惑ってるのは俺も同じだからさ……。遠慮せず存分に乱れてくれ。その方が俺も手応《てごた》え感じて嬉しいしな」

「そう言われても……あっ！」

ぐりっ、と先端を指の腹で刺激され、びくんと肩が痙攣《けいれん》する。

叫ぶように大きな声が出てしまい、慌てて唇を噛み締めた。

「んっ、んっ……んん……っ！」

「だから我慢しなくていいんだって。唇嚙むのもよくないぞ」

「だけど……」

「どうしても恥ずかしいなら、俺が口塞いどいてやろうか？」

「は……？　ちょ、んぅっ！」

キスされながら股間を弄《いじ》られ、グレンはくぐもった悲鳴を上げた。

大事なところを刺激されるのに加え、オルティガの男らしい匂いも間近に感じ、グレンの興奮も瞬く間に高まっていく。

さざ波のような快感が集まって大波に変化し、一気に何かが押し寄せてくるような感覚に襲われた。

「んん、んっ……ふ……んッ！」

本能的な危機感を覚え、激しく首を振ってキスから逃れる。

だがオルティガの手は止まらず、男根の裏側をぐっと刺激され、絶頂を促すようにカリの部分をきゅうっと絞り上げられた。

「あっ！　だ、だめだ、もう……！　それ以上は……ああっ！」

ついに我慢しきれず、がくんと大きく身体が痙攣する。とぷんと熱を吐き出し、目の前でチカチカ火花が散った。

（な、んだこれ……）

こんな快感、味わったことがない。

自分で慰めるのとは違い、爪先《つまさき》から頭のてっぺんまで快感に染め上げられる気がした。全身が官能に支配され、たった今イったはずなのになぜか身体の奥までキュンと疼《うず》き始める。

「はあ……嬉しいなぁ……。グレンもちゃんと感じてくれてるんだ。俺の一方通行じゃなくてホントによかった」

「オルティガ……」

「こんなん見せられたら、ますます興奮しちゃうな」

「は……あ、あっ！」

下腹部に散った粘液を指に纏《まと》わせ、股間よりさらに下――尻の狭間《はざま》を探ってくる。

両膝《りょうひざ》を立てさせられ、それを左右にぱっくり割られ、脚の奥に潜んでいる秘蕾《ひらい》を指先で弄られた。

「ちょ、ちょっと待っ……そこは……うっ！」

つぷん、と人差し指を挿入されて一瞬息が詰まる。

まだ一本なのであまり痛くなかったが、異物が侵入している違和感は拭《ぬぐ》えなかった。

一方のオルティガはどこか感動したように溜息を漏らし、夢中で中を掻き回している。

「あっつ……。お前の中、ものすごく熱くなってるよ。しかも柔らかい」

「だ、だからそういうこと言うなって……！」

「すまん、思わず感動しちゃって。ここに俺のを挿《い》れたら絶対気持ちいいだろうな……」

「っ……それは……」

「や、大丈夫。そんな逸った真似はしないよ。ちゃんと慣らさないと苦しいだけになっちゃうもんな。お前には、俺と同じように気持ちよくなって欲しいんだ」

「オル……あッ……！」

二本を飛ばして一気に三本の指を挿れられた。さすがにキツい。

初めての蕾《つぼみ》はまだまだ硬く、入口もあまり伸びないし快感も拾えていない。オルティガの指をギチギチに締めつけ、指を動かすことさえ困難にしていた。

「う、く……んんッ……！」

「グレン、もう少し待っててな。必ずお前のいいところを見つけてやるから」

「は、うッ……！　そんなの、どこに……く……っ！」

「いや、多分この辺に……」

慣れない感覚に眉根を寄せていると、オルティガの指に内部の一点を押された。

「あっ⁉」

途端ビリッとした電撃が駆け抜け、びくんと腰が跳ねる。

気のせいかと思ったのだが、続けざま同じところをこすられ、びくびくした痙攣が止まらなくなった。

「あっ、あっ！　ちょっとそこ、やめ……」

「よし、ここだな？　グレンが感じるところ、やっと見つけられたぜ……」

「か、感じ……⁉　そんな、俺は……んんッ！」

痙攣と同時に、身体の力も一気に抜けてくる。

恥ずかしい部分を弄られているのにロクに抵抗もできず、逃げを打つように腰をくねらせてしまった。

「うっ、ん……！　だ、だめだ、もうそこ、おかしくなる……！」

「よしよし、だいぶ力も抜けてきたな。これならもう大丈夫か」

ずるりとオルティガが指を抜き、次いでスラックスと下着も脱ぎ捨てた。

見事にそそり立った欲望を見せつけながらこちらの脚の間に入り、ぐいっと両脚を抱え直してくる。

「ひっ……！」

後孔にざらりとした肉幹をこすりつけられ、本能的な恐怖が芽生えた。

オルティガの欲望は思ったよりかなり大きい。指三本でもキツかったのに、こんなもの最後まで入る気がしなかった。

全てを受け入れる覚悟はしていたつもりだけど、苦しすぎて途中で白旗を挙げてしまったらどうしよう……。

「っ……っ……！」

太ももの裏側に手を添えられ、秘蕾に先端が押し当てられる。

とうとう挿れられてしまうのかと思うと、怖くてたまらなかった。初めてだから、余計にどうなるのか想像がつかなかった。

「大丈夫だよ、グレン」

涙目になりながらカタカタ震えていると、宥めるようにオルティガが軽い口づけを見舞ってきた。

「なるべくゆっくりやるから。グレンが苦しくならないように、少しずつ挿れるから」

「っ……」

「だから力抜いててくれ。な？」

こちらの前髪を掻き上げ、額にもキスしてくれる。

そうやって何度も愛撫されているうちに、少しずつ緊張が解けてきた。

（そう、だな……。ゆっくりと言ったら本当にゆっくりなんだろう。この人は嘘がつけないからな……）

大きく深呼吸し、再度気持ちを落ち着かせる。

改めて覚悟を決め、グレンは小さく頷いた。

「……わかった。あなたを信じるよ」

「ありがとう、グレン……」

オルティガが嬉しそうに微笑んだ。

次の瞬間、ぐっ……と窄《すぼ》まりに圧がかかってきた。

「うっ……！」

花弁がめくれ上がり、ずずっ……と先端が挿《はい》ってくる。

そのままじりじりと腰を進められ、徐々に圧迫感が増してきた。

「ぃう、く……っ！　は……あっ……」

苦しい。呼吸もしづらくて窒息してしまいそうだった。

痛みが少ないのは救いだったが、それでも内襞《うちひだ》はジンジン疼いているし、下腹部がどんどん重苦しくなっていくのは否定できない。

内臓が押し上げられていく感覚もあるし、この刺激をどう処理していいか脳も混乱しているみたいだった。

「はう、あ……んんッ」

「グレン、大丈夫か？」

オルティガが一度腰を止め、こちらの様子を窺ってくる。

苦し紛れに彼を見上げたら、開いた目から涙がぽろりとこぼれ落ちた。

オルティガはそれを舐《な》めとると、ふっと満足げに微笑んできた。

「思った通り、お前の中すごく気持ちいいよ。熱くて柔らかいのに、すっごい締まってる。まだ半分くらいしか挿ってないけど、これだけでもイっちゃいそうになるわ」

「っ……」

「それで、身体の方は大丈夫か？　無理そうならもう少し待つけど」

オルティガ自身も細かい呼吸を繰り返し、何度も気持ちを落ち着かせようとしている。

本当は一気に挿入したかったけれど、こちらに気を遣って我慢しているのだろう。それが手に取るようにわかった。

グレンはなんとか深く呼吸をし、オルティガの背に腕を回して答えた。

「だ、大丈夫……先に進めてくれ……」

「本当に大丈夫なのか？　焦らなくていいんだぞ？」

「いや、大丈夫……。多分なんとかなる……」

「……わかった。でも無理だったらすぐに教えてくれよな」

再びじりじりとオルティガの欲望が捩《ね》じ込まれる。圧迫感も増していく。息ができないくらい苦しかったが、ここまで来たら最後までやりたい。彼の全てを受け入れたい。

そう自分に言い聞かせ、グレンは一生懸命挿入の衝撃に耐えた。オルティガの背にしがみつき、なるべく息を吐いて一番奥まで彼を迎え入れる。

「んっ、くっ……はあ……あ、あっ！」

オルティガの腰と自分の尻がぴったり密着し、とうとう全ての欲望が埋め込まれた。根元までしっかり繋がっていることを感じ、苦しみと同時になんともいえない感情もこみ上げてくる。

「……グレン、大丈夫か？　全部挿ったぞ」

「う……」

返事の代わりにこくこくと頷いてみせた。

臍《へそ》の下まで楔《くさび》が食い込み、身も心もオルティガと繋がっている実感が湧いてくる。

(ああ、そうか……。俺、ちゃんとオルティガを救えたんだ……)

彼を死なせたくなくてマルクと戦って、時には毒まで盛られながらも、なんとか破滅ルートを回避した。

その結果、今自分はこうしてオルティガと抱き合っている。彼を奥深くまで受け入れ、文字通りひとつになっている。

それはとても幸せで、奇跡的なことのように思えた。

「オルティガ……」

グレンは自ら脚を開き、彼の腰に両脚を絡めてぐいっと引き寄せてやった。

唐突な動きに驚いたのか、オルティガが目を丸くしてきた。

「俺、今すごく幸せだ……。あなたとひとつになれて、本当に嬉しい」

「グレン……」

「さ、好きなだけ動いてくれ……。俺は大丈夫だから」

挑発するように微笑んでやったら、オルティガは堪え切れずに熱い息を吐いた。

ずず……と少し腰を引かれ、すぐさまパチン、と腰を打ちつけられる。

「んっ！　く……」

最初は細かい動きだったのがだんだんと大きな動きになっていき、律動もダイナミックになっていく。

腹の底を突かれ、柔らかな襞をこすられ、感じる場所を抉《えぐ》られた後、またぐっ……と最奥を突き上げられた。

「あっ、あっ……あぁ、あっ」

いつの間にやら苦痛より快感の方が大きくなり、脳まで甘い痺《しび》れに満たされていった。激しく揺さぶられるたびに何度も力が抜けそうになって、絶対に振り落とされまいと必死にしがみつく。

「ああ、俺もすごく幸せだ……。やっとグレンを抱けて、最高に嬉しい……！」

「ああっ……！」

「ずっと、ずっと好きだった……。女性と付き合ってこなかったのも、『グレンじゃないと嫌だ』って心のどこかで思ってたからなんだな……。グレン以外には興味なかったから、まるで結婚する気も起きなかったんだ……。今更だけど、それに気づけてよかった……」

「お、俺も……あなたが好き……！　子供の頃から、ずっと……大好き……」

「……はは、嬉しいなぁ……こんな俺を好きになってくれてさ。そんなこと言われたら、もう止まらなくなっちまう……」

「ひぐッ！　うっ、んっ……んあぁっ！」

「なあ、せっかくだから一緒にイこうぜ……。初めての時は、二人一緒がいいんだ……」

「もちろ……んんっ！」

そう答えたら、オルティガは身体をこちらに倒して貪るようなキスをしてきた。

上と下の口をどちらも塞がれ、全身を快感に染められて思考もぼやけてくる。

甘い幸せを味わいつつ、ようやく望んでいたハッピーエンドを迎えられたことに細胞の全てが歓喜した。

「んっ、ふ……んぅぅぅッ！」

「っ……！」

キスをしながら、ほぼ二人同時に昇り詰めた。

腹の中でオルティガの熱が弾《はじ》け、夥《おびただ》しい量の精液が注ぎ込まれる。彼の熱がじんわり広がっていくのを感じ、グレンはこの上ない幸福を味わった。

「……っ、んっ……」

最後の一滴まで中に送り込むように、オルティガが二、三回腰を動かしてくる。

その後ずるりと己を引き抜き、すぐ隣に寝転んできた。

「愛してるよ、グレン……。これから先もずっと、一緒にいてくれよな」

「……もちろん、ずっと一緒だ。俺も愛してる、オルティガ……」

霞《かす》んだ目でオルティガを見上げたら、彼も嬉しそうに見つめ返してくれた。

たくましい腕でこちらを抱き締め、軽く唇にキスしてくる。

「…………」

しばらく幸せな余韻に浸っていたのだが、体力が回復してくるにつれぼやけていた思考が徐々に冷静になってきた。

（そういえば……）

グレンは半身を起こし、ずっと気になっていたことを尋ねた。

「そういや、マルクとミーア様はどうなったんだ？　オルティガに辺境行きの判断が下されたなら、あの二人にもそれ相応の判断が下されたはずだよな？」

「あー、それか……。いや、知らないわけじゃないんだが、貴族仲間に手紙で聞いただけだから俺自身、半信半疑で……」

「……なんだよ？　今更驚かないから、ハッキリ言ってくれ」

「うーん……なら話すけどさ……」

オルティガはやや言いにくそうに髪を掻き上げ、天井を見上げた。

「まずマルクの話な。実はマルクのヤツ……遺書と赦免状だけ残して、王宮の最上階……そこの窓から身投げしちゃったらしいんだ」

「えっ……？」

「あ、でも生死はわかってない。身投げしたのに、その下には遺体がなかったみたいなんだよ。だから俺は、死を偽装して逃亡したんじゃないかって思ってる」

「………」

「その後の行方は誰も知らない。いずれにせよ、もう王宮にマルクはいないよ」

「そう、なのか……」

「ホント、惜しいよな……。せっかくのし上がる才能があったんだから、余計な罠なんて仕掛けず真面目にやっていればよかったのに。そうすりゃ、いずれ国政を牛耳る大臣にもなれただろうにさ」

　オルティガはそう嘆いていたが、グレンはそれとは違う意見を持った。

（いや……もしかしたらマルクは、自分が本当に幸せになれる世界を探して、別の世界に転生し直したのかもしれない……）

　マルクの信念は原作準拠。でもこの世界は、既に原作から外れてしまっている。

　これ以上居座っても原作に戻せそうにないし、だったら次の世界で上手くやろうと気持ちを切り替えたのではないだろうか。

あるいは原作準拠の立場を貫きながら、ずーっと同じことを繰り返しているのかもしれない。そう考えると、「止められるものなら止めてごらん」、「やっと僕を止められたじゃないか」という言葉が、また別の意味を持ってくる。

いずれにせよ、マルクの心情を確かめる術はもうない。

「次にミーア様だが……彼女は正式に陛下から離婚を言い渡されたそうだ」

「……だろうな」

これに関しては、さもありなんである。あれだけ自分勝手に振る舞っていれば、ジョセフに見限られてもおかしくない。

ミーア本人は最後まで「離婚したくない」と泣いていたらしいが、ジョセフは既に許す気はなく、彼女を選んだ大貴族たちも「ここまで問題を起こしてしまったら、切り捨てるしかない」とあっさりミーアを見捨ててしまったそうだ。

「実はこの話にはまだ続きがあってさ」

「……？」

「離婚だけならまだよかったんだが、ミーア様って今まで無駄に国費を使い込んでいただろ？　それで返還を迫られたんだけど当然返す能力なんてないから、代わりにザビ族への貢ぎ物にされちゃったんだと」

「……えっ？　本当なのか、それ」

ザビ族とは、異民族の中でも比較的パレス王国に友好的な者たちである。

定期的に会談したり贈り物を贈り合ったりなどして持ちつ持たれつな関係を築いているのだが、その貢ぎ物にされたということはつまり……。

「しかもそれをやったのが、ミーア様を王妃に選んだ当の貴族だって話だもんなぁ……。今までの行いのツケだと言われりゃそれまでだけど、なかなかエグいことするぜ」

「……怖いな。大貴族を敵に回すと人生終わるっていうけど、割と本当のことかもしれない」

こんなことになるのなら、人からの注意をもっと素直に聞いておけばよかったと、ミーアは今頃大いに後悔していることだろう。

貢ぎ物にされた以上は完全に「モノ扱い」だし、もう一生パレス王国に戻ってくることは叶わない。そう考えると、さすがに気の毒になってくる。

「……ま、そういうことだ。いいのか悪いのかわからんが、とにかく王宮にはマルクもミーア様もどっちもいない。少なくとも、二人に嵌められることはもうないってことだな」

「そうか……。まあこれからは辺境で暮らすから、いてもいなくても嵌められることはないんだけど」

「確かにな。というか、ナバデア地区って何があるんだ？　魚とか果物とかは採れるんだっけ？」

「……呑気だな。周辺を探索するのはいいが、くれぐれも危ない真似はしないでくれよ？　周りは異民族だらけなんだからな」

「大丈夫だよ、俺にはお前がついてるし」

そう言ってオルティガは、もう一度こちらを抱き締めてきた。愛おしそうに何度もキスを浴びせ、優しく髪も撫《な》でてくる。

（まったくもう……どこまでも放っておけない人だな）

グレンはオルティガの腕の中で、一生この人を守っていくと誓った。

終わり

平和の花が咲く頃に

オルティガがナバデア地区の辺境伯に任命されて、約二ヶ月。

グレンはオルティガを支えるべく、ナバデア地区で国境の警備に従事していた。

ちなみにグレンたちが駐在しているナバデア砦《とりで》は、国境線から二キロほど離れた場所にある。砦には武器や馬、火薬などが蓄えられており、異民族の侵攻があった時にはいつでも駆けつけられるよう準備が整えられていた。

「失礼、オルティガ。この書類にサインを……って、あれ？」

夕方頃にオルティガの執務室を訪れたところ、なぜかそこはもぬけの殻になっていた。

書類は綺麗《きれい》に脇《わき》に片づけられており、慌てて飛び出したようには見えない。

（おかしいな、どこ行ったんだろ……）

ナバデア地区に赴任してからというもの、オルティガはよく外出するようになった。

もちろん最低限の仕事を終わらせてからなのだが、目的地も告げずにふらっと出かけることが増えた。

夕食前には必ず帰るし、オルティガ自身も鍛えているから滅多なことは起こらない……と思うけど、ここは異民族との小競り合いが激しい国境付近である。自分の知らない間に、万が一のことが起きたら困るのだが。

ちょっと捜しに行こうかな……と考えていたら、オルティガ本人が戻ってきた。少し急いでいる様子だった。

「お、グレン、いたいた。ちょうどお前を捜してたんだよ」

「捜してたってなんだよ？　俺もあなたを捜してたんだけど」

「おう、それは気が合うな。なら話は早いわ」

オルティガは上機嫌な笑みを浮かべ、こんな誘いをかけてきた。

「今から少し出かけないか？　見せたいものがあるんだ」

「……見せたいもの？　なんだそれ？」

「それは行ってみてからのお楽しみだよ」

「……それ、今からじゃないとダメなのか？　もうじき陽が暮れるんだが」

「だからいいんだよ。薄暗くなってきた頃が一番いいタイミングなんだ。とにかく、一緒に来てくれ」

わけもわからないまま、グレンはオルティガに連れられてとある場所に向かった。

そこは馬を出して五分くらいの場所で、国境ギリギリの穴場であった。異民族と衝突しがちな場所とはだいぶ離れているので、比較的安全なところではある。

ただ、オルティガが案内してくれた場所は何かの蕾《つぼみ》のような雑草が生えているだけで、これといった見所はなさそうだった。

ここに一体何があるというのだろう。既に太陽は完全に沈む直前で、空も西側以外はほとんど濃紺色に染まってしまっていた。

「よしよし、なんとか間に合ったな」

「？　ここで何かあるのか？」

「もうすぐだから見てなって」

言われた通り、ぼんやりと野原を眺める。

すると、突然蕾のひとつがぽっ……と白い花を咲かせた。薄暗い中だから、白い色が光り輝いているように見えた。

それを皮切りに周りの蕾も次々に開花し、真っ白の花を咲かせていく。

「わぁ……」

次いで、白い花の中心から花粉と思《おぼ》しきものがふわぁっと広がっていった。それが周囲に拡散して空中に舞い散る。

舞い散った花粉もただの花粉ではなく、まるで光の粉のように自ら発光していた。濃紺色の空と合わせると、無数の星がすぐ近くで瞬いているようだった。

言葉もなく魅入っていると、オルティガがしたり顔で説明してくれた。

「綺麗だろ？　『リプルの花』っていうんだそうだ。この辺にしか咲いていない花で、陽が暮れて薄暗くなってきたタイミングで開花して花粉を飛ばすんだとさ」

「はあ……そうなのか。こんな花があったなんて、全然知らなかったよ」

「俺もここに来て初めて知ったんだ。詳しい生態はわかってなくて、ミステリアスな感じがするから『魔女の花』とも呼ばれてるらしいぜ」

「魔女か……。確かにそんな感じがするかも」

グレンは腰を落とし、「リプルの花」とやらを間近で観察してみた。

五枚の花弁を持つ、ごく小さな花だ。雌蕊《めしべ》や雄蕊《おしべ》らしきものは見当たらず、どこから受粉し種をつけるのかも不明である。本当に不思議な花だ。

ただ、小さくて儚《はかな》げなので、少しの刺激ですぐに枯れてしまいそうに見える。

ここ以外に咲いていないのも、他の国境線では小競り合いに巻き込まれて種子が育たないからだろう。

オルティガも隣に屈《かが》んできて、リプルの花を一輪摘《つ》んだ。

「ここも国境に近いからな……。今はまだ大丈夫だけど、いつ戦禍に巻き込まれるかわからない。火薬の火がこっちまで飛んでくる可能性もあるし、そうなったらここの花は全滅だ」

「そうだよな……」

「ちょいちょい様子を見に来てたけど、四六時中見張っているわけにもいかない。だから
さ、俺たちで少しずつ保護していかないか？」

「保護？」

「ああ。こんなに綺麗な花、全滅させちゃうのは惜しすぎるだろ？　どうやって育てるの
かわからないけど、生態調査も兼ねて砦の近くにも植えてみようぜ。上手くいけば、こん
なふうに毎日絶景が拝めるかもしれないぞ？」

と、微笑《ほほえ》みながら言ってくる。

横目に見る彼の顔は、神秘的な明かりの下でより一層輝いて見えた。

「……あ」

見惚《みと》れていたら、不意に周囲が暗くなった。

一通り花粉を飛ばし終えたのか、開いていた花弁が次々に閉じていった。まるで一斉に
眠りにつくかのようだった。

オルティガが摘んだ花の一輪も、周囲に倣って蕾に戻っている。

「時間だな。今日の開花はおしまいだ」

オルティガが立ち上がり、こちらに手を差し伸べてきた。

「帰ろうぜ。暗くなりすぎるとこの辺でも危ないからな」

「そうだな、帰ろう」

彼の手を取り、グレンも立ち上がった。

グレンたちの背後では、光の粉が優雅に空を舞っていた。

◆　◆　◆

砦に戻ってから、グレンは小ぶりの鉢植えを用意してそこにリプルの花を植えてみた。まずは鉢で育ててみて、花が増えてきたら砦の裏の空き地に植え替えてみようと思ったのだ。

「なんかいいよな、こういうの。花を植えるとか、争いとは真逆の行為って感じがする」

オルティガがしみじみと腕組みをした。

「この花がいっぱいになるまでには、異民族との決着をつけてしまいたいぜ」

「そうだな……。すぐには難しいかもだけど、オルティガならできるって信じてるよ。俺も精一杯協力させてもらう」

「頼りにしてるぞ。この辺はいろんな異民族がいるけど、なんとかザビ族くらいの関係性にはもっていきたい。お互い持ちつ持たれつで、定期的に貢ぎ物を贈り合うみたいなさ。そうすれば争う必要もないし、あそこの花も無事でいられるよな？」

グレンは深く頷《うなず》いた。

今日見た光景は、グレンの中で忘れられない思い出となった。あの儚くて美しい花々を守るためにも、今度はこの国境で全力を尽くす。

リプルの花は、自分たちにとって平和の象徴なのだから。

「一緒に頑張ろうな、オルティガ」

「ああ、もちろんだ」

植木鉢を抱えているグレンを、オルティガが優しく抱き締めてくれた。

平和の花畑が実現するのは、もう少し先の話である——。

お・し・ま・い

あとがき

皆さん初めまして、あるいはこんにちは。夢咲まゆです。

このたびは「モブキャラに転生したけど、絶対ハピエンにします！」をお手に取ってくださり、ありがとうございます。

ラルーナ文庫さんでは電子書籍で何冊か刊行させていただいているのですが、紙書籍では初めてですね。久々のＢＬ紙書籍なので、個人的にも嬉しいです。


今回のお話は転生モノの異世界ファンタジーで、原作小説である「悪徳の栄光」の世界が舞台となっております。

グレンにとっては推しキャラのいる大好きな世界ですが、実際に自分が転生するとしたらどんな世界がいいでしょうね？

ゲームやアニメで「ちょっと行ってみたいなぁ」と思う世界はたくさんありますが、食事や生活習慣が合わないと数日で野垂れ死にそうです（笑）

そう考えると、ドラ○もんがいそうな近未来風の異世界が何だかんだ一番快適かもしれませんね。とりあえず電気・水道・ガス、冷暖房は完備で頼むぜ！

最後になりましたが、イラストを担当してくださった木村タケトキ先生。どうもありがとうございました。グレンもオルティガもその他のキャラも、美麗に描いていただけて感激でございます。

また、この本が店頭に並ぶまでにご尽力くださった担当さま、出版社さま、印刷会社の皆さま、取次の方々、そして書店の皆さま、重ねて御礼申し上げます。

そして、この本を選んでくださったそこのあなた！　本当にありがとうございました！

またいい作品をお届けできるよう頑張るので、是非ともご贔屓のほどを……。

それでは、またどこかでお会いしましょう☆

夢咲まゆ

本作品は書き下ろしです。

ラルーナ文庫

この本を読んでのご意見・ご感想・ファンレターなどお待ちしております。〒110−0015 東京都台東区東上野3−30−1 東上野ビル７階 株式会社シーラボ「ラルーナ文庫編集部」気付でお送りください。

モブキャラに転生《てんせい》したけど、絶対《ぜったい》ハピエンにします！

2024年12月7日 第1刷発行

著　　者｜夢咲《ゆめさき》 まゆ
装丁・DTP｜萩原 七唱
発 行 人｜曺 仁警
発 行 所｜株式会社 シーラボ
〒110-0015　東京都台東区東上野3-30-1　東上野ビル7階
電話　03-5830-3474／FAX　03-5830-3574
http://lalunabunko.com
発 売 元｜株式会社 三交社（共同出版社・流通責任出版社）
〒110-0015　東京都台東区東上野1-7-15
ヒューリック東上野一丁目ビル3階
電話　03-5826-4424／FAX　03-5826-4425
印刷・製本｜中央精版印刷株式会社

ISBN978-4-8155-3300-7